RAPHAEL MONTES • LUISA GEISLER
RUBEM FONSECA • NATÉRCIA PONTES
LETICIA WIERZCHOWSKI
CECILIA GIANNETTI • EMILIANO URBIM

HERÓIS URBANOS

ILUSTRAÇÕES
RASCAL

ORGANIZAÇÃO
LARISSA HELENA

ROCCO
JOVENS LEITORES

Copyright contos **HERÓIS URBANOS**

Volnei © *by* Raphael Montes, 2016
Material Escolar © *by* Luisa Geisler, 2016
Passeio Diurno © *by* Rubem Fonseca, 2016
História Lacrimogênica de Jamile © *by* Natércia Pontes, 2016
Seu Amor de Volta em Três Dias © *by* Leticia Wierzchowski, 2016
Besouro Azul entre o Bem e o Mal © *by* Cecilia Giannetti, 2016
Da Gravidade e outras Leis © *by* Emiliano Urbim, 2016
Copyright das ilustrações © *by* Rascal, 2016

Direitos para a língua portuguesa reservados
com exclusividade para o Brasil à
EDITORA ROCCO LTDA.
Av. Presidente Wilson, 231 – 8º andar
20030-021 – Rio de Janeiro – RJ
Tel.: (21) 3525-2000 – Fax: (21) 3525-2001
rocco@rocco.com.br | www.rocco.com.br

Printed in Brazil/Impresso no Brasil

ROCCO JOVENS LEITORES

GERENTE EDITORIAL
Ana Martins Bergin

EQUIPE EDITORIAL
Larissa Helena
Manon Bourgeade (arte)
Milena Vargas
Viviane Maurey

PRODUÇÃO
Silvânia Rangel

REVISÃO
Armenio Dutra e Wendell Setubal

DESIGN DE CAPA
E PROJETO GRÁFICO
Manon Bourgeade

CIP-Brasil. Catalogação na fonte.
Sindicato Nacional dos Editores de Livros, RJ.

F747h

Fonseca, Rubem, 1925-
  Heróis urbanos / Rubem Fonseca... [et. al.]; ilustração Rascal. – Primeira edição. – Rio de Janeiro: Rocco Jovens Leitores, 2016.
  il.

  ISBN 978-85-7980-298-0

  1. Ficção brasileira. 2. Conto brasileiro. I. Rascal (Ilustrador). II. Título.

16-32516
CDD - 869.93
CDU - 821.134.3(81)-3

O texto deste livro obedece às normas do Acordo Ortográfico da Língua Portuguesa.

Impresso na Intergraf Ind. Gráfica Eireli - SP.

RAPHAEL MONTES
VOLNEI — **6**

LUISA GEISLER
MATERIAL ESCOLAR — **34**

RUBEM FONSECA
PASSEIO DIURNO — **58**

NATÉRCIA PONTES
HISTÓRIA LACRIMOGÊNICA DE JAMILE — **68**

LETICIA WIERZCHOWSKI
SEU AMOR DE VOLTA EM TRÊS DIAS — **88**

CECILIA GIANNETTI
BESOURO AZUL ENTRE O BEM E O MAL — **122**

EMILIANO URBIM
DA GRAVIDADE E OUTRAS LEIS — **154**

VOLNEI

RAPHAEL MONTES

AH, O VOLNEI SABIA QUE EU SABIA. DA AMANTE, É O QUE EU TÔ FALANDO. MULHER SABE LOGO QUANDO TEM OUTRA SE METENDO NO MEIO. ELE NUNCA ME TRAIU ANTES, QUE EU TENHO CERTEZA; ONZE ANO JUNTO, O VOLNEI ANDOU NA LINHA, DIREITINHO. MAS FOI SÓ CHEGAR A PIRANHA DA GORETTE.

Foi ela, ela que ferrou com a cabeça dele, a vadia. Eu sei bem o que é que eu tô falando. Tem mulher que é pior que diabo, atiça, não sossega até infernizar de vez, é piranha de nascença.

Pior é que eu nunca entendi o que o Volnei viu naquela periguete do cabelo ruim, uma palha desbotada com fedor horroroso de Neutrox, um corpo de macho bombado, toda trabalhada na falsidade... Loira do pentelho preto. E vou te contar que a mulher era rodada, num tinha um que restasse, porque o morro todinho já passou por ali, o Miltão lá dos pneus, o Juca, o Conta-Gota, o seu Valdomiro, o Sebastião das verdura, o Pepê, o Carlão e o Carlinho, o Ceará, o Allain, o Trévis, o Johnny, o Cleverson do jogo do bicho, o Valdisnei, os polícia da UPP e até o seu Neném, que não tem quase dente desque brigou com Valtinho lá no baile do Xande. A Gorette era piranha mermo, na real, carteira assinada e tudo.

Eu tô me adiantando, né? O senhor não quer saber da Gorette, aquela vaca... Quer que eu fale logo das morte dos menino? Do Monstro do Cadarço? Tá, quer que eu fale de antes? Mas antes era tudo ótimo, eu e Volnei, a gente era feliz, mas feliz pra caramba mermo. Eu nunca traí ele, se é isso que o senhor tá pensando aí. Sou mulher de um homem só e não gosto dessas coisa. A gente se conheceu eu já era mulher feita, tava com vinte anos, juntando meu ordenado pra comprar o salão.

Não nasci pra ficar esfregando pano em casa de madame, ouvindo desaforo de patroa que num faz nada pra ninguém e só sabe dá ordem. Eu tinha objetivo, sabe? Tinha sonho, projeto pra vida, coisa que a Gorette nunca teve, aquela lá vivia encostada, encostava num, encostava noutro. Coitado do seu Assis, o pai da Gorette, homem bom, trabalhador à beça. Mas ele sabia que a filha era uma vadia, que num valia meio prato de comida. Que que a gente faz quando tem filho errado no mundo? Ama, né? Fazer o quê?

Tá, o senhor quer saber de antes, antes mermo, antes de eu conhecer o Volnei? Aí, deixa eu ver. Ó, nessa época, eu só tava preocupada em trabalhar, juntar meu dinheiro, eu fazia faxina em quatro lugar diferente, de segunda a sábado, e às vez no domingo quando dava. Tinha a dona Emília da Tijuca, e a prima e a irmã dela que vivia lá perto mermo, e tinha a dona Teresinha longe pra caramba, lá na Ilha do Governador. Pra mim, muito melhor trabalhar pra velho, porque daí a patroa enxerga pouco e não enche o saco mandando limpar vinte vez o mermo canto. É só dar uma passada de pano que tá limpo. Essas perua nova, tudo loira do pentelho preto também, é uma merda. Elas fica querendo ser patroa exigente, fingindo que faz alguma coisa da vida, aí manda limpar janela todo dia, varrer debaixo do tapete, passar pano na porra da casa inteira, você trabalha que nem uma escrava pra ganhar uma miséria. Quase saí no tapa com uma playba lá da zona sul que me chamou pra diarista, mulher marrenta do cacete, nunca segurou uma vassoura na vida. Gosto de trabalhar pra velho, já disse.

A dona Emília era assim uma coroa macumbeira, fumava o dia inteiro e ficava ouvindo Jorge Aragão e Bezerra da Silva no disco ainda, cê acredita? Eu até gostava de trabalhar lá, que a dona Emília não era pão-dura, me dava uma ajuda às vez, assim, quando ela tava bem, um dinheiro extra pra completar o do salão. Ela tinha uma filha só, e que ia lá de vez em nunca, garota perdida na vida. Elas brigavam muito, as duas. A velha gostava mermo é do neto, mimava o garoto que chegava a dar nojo. Eu nunca fui de mimar criança. Vê meus filho, criei pro mundo, o Máicon faz uns bico desdos dez, mas nunca falta escola, e é menino estudioso e trabalhador.

Mas eu tava falando da faxina, tinha também a dona Teresinha, eu disse, né? Terça e sábado eu ia pra lá, terça pra faxina e sábado pras roupa. Essa era carola demais, vivia mais enfurnada na igreja do que em casa. A mulher tinha família grande demais, a casa vivia cheia, filho, primo, tio, neto, bisneto, era um inferno. Eu não gostava nada; a dona Teresinha pagava mais ou menos, e ainda era pão-dura com comida, miséria. Pra faxineira, só tinha arroz, feijão uma vez ou outra. Nem frango velho a diaba dava. E ela cismava de rezar toda hora. Uma oração de bom-dia, outra antes do almoço, um salmo depois de faxinar a cozinha, uma ave-maria quando dava seis horas, um pai-nosso antes de ir embora. Ninguém merece. Rezava até cair a língua, mas ajudar a gente que é bom, nada. Nunca fui de ficar pedindo coisa pra Deus, gosto das parada desse mundo, aqui se faz aqui se paga. Consegui tudo na vida sozinha, ralando. Meu salão, eu comprei. Meu carrinho usado, um corsinha prata, eu comprei. Deus nunca me deu nada.

Na verdade mermo, eu num tenho muita paciência presses troço de religião. Nem quando o pastor Túlio chegou aqui na comunidade, nem quando os assassinato tudo começou a acontecer, nem assim eu me apeguei pela coisa. Todo mundo se descambava pra igreja pra pedir pra ser salvo, e eu ia trabalhar. Mas o povo medroso que nem cachorro magro, a assembleia do pastor só foi aumentando. Tudo assustado caquelas morte, com Monstro do Cadarço. Eu também tava com medo, que não sou maluca, mas em vez de ir pra igreja, comprei foi um canivete, que é isso que protege na hora do vamo-vê. Mulher num tem que ficar dependendo de ninguém não, que senão se ferra na vida. Tem é que se defender sozinha mermo.

Tá bom, tá bom, agora o senhor quer saber como eu e o Volnei, como nós se conheceu... Vixe, isso faz tempo, a gente completa treze ano daqui vinte dia. Treze ano, dá nem pra acreditar. E o pior é que eu ainda gosto daquela besta igual do começo, que quando a gente se vê, dá uns calor, um fogo só. É olhá pra ele e pronto, tesão mermo.

Claro que eu conhecia o Volnei antes, desde pequena, moço. Mas só de vista. A gente morava até perto, estudou junto, mas nós mal se esbarrava, e a mãe dele não se dava com a minha, nem sei por quê, aquela velha doida... O Volnei sempre foi meio famoso por aqui, líder da comunidade, ajudava todo mundo, fazia uns serviço de graça... Na minha cabeça, quem faz isso de ficar ajudando, de ser bonzinho, é frouxo, não se liga nas coisa. Nunca gostei de homem frouxo. Mas sabe que depois eu fui vendo, o Volnei não era frouxo. Era bonzinho, mas era macho também, com cheiro de suor e pelo nas costa, do jeito que eu gosto.

A gente se conheceu no Xande. Tinha forró na sexta lá, e o baile no sábado. Por isso que a gente não se via.

Eu só ia na sexta, que era muito bom mermo, tinha até Silvano Salles às vez, mas nunca gostei muito de funk. E sábado também era dia de trabalhar na dona Teresinha, eu chegava estrupiada em casa. O Volnei só ia no sábado, que domingo era dia da folga dele lá no comércio da comunidade, e a verdade também é que ele gostava de funk. Nisso o gosto dele num prestava. Nisso e nas ideia de arrumar caso com a vaca da Gorette.

Tá. Então, aí teve um dia que eu acabei indo no Xande no sábado, que era aniversário da Adrienne, uma amiga minha que mora lá perto. Ela também tava juntando dinheiro porque a gente já tava com a ideia de ser sócia no salão. A mulher é manicure boa mermo, faz pé e mão como ninguém e faz rápido, que tem que ser pra ganhar dinheiro. Eu sempre gostei de cabelo, alisamento, hidratação, pegava sempre umas revista com a prima da dona Emília. Tinha tudo pra dar certo mermo. E deu.

Foi nesse dia aí que eu conheci o Volnei. No aniversário da Adrienne. Ele sabia meu nome já, veio cheio dos elogio; umas conversa de malandro achando que sabe pegar mulher. Dá nervoso só de lembrar dos papinho ridículo. Mas eu já tava de olho antes, dei moral pra ele, deixei ele me secar a noite toda e tal. Daí depois ele me chamou pra casa dele e eu, que não tava fazendo nada, fui junto. Foi aí que ele me ganhou. O Volnei manda muito bem na cama, nunca vi coisa igual, é aquele homem dois em um, sabe? Bom na cama e bom de papo. Não tá fácil achar homem assim, não. Grudei logo nele. Deu uma semana e a gente tava namorando, mais um ano e eu tava grávida da Giselly.

Nisso aí, o Máicon já tava com quatro ano. O Volnei gostava dele, tratava o Máicon como um filho, coisa que quase homem nenhum faz, e o Máicon também gostava do Volnei, que era o pai que ele nunca teve, porque o Traste só soube fazer e se mandar. Traste é o pai do Máicon. Eu não falo o nome dele. Só Traste mermo. Já disse que não falo o nome dele. Tá. É Jorge. Pra que cê quer saber isso?

O Traste correu pra São Paulo, eu nem sei o endereço, nem quero saber. Me deixou sozinha com o menino na barriga, eu só tinha dezesseis ano, nunca mais olhei pra cara daquele escroto, graças a Deus. O Máicon é meu filho, eu amo meus filho mais que tudo no mundo, mas a verdade é que filho atrapalha bastante a vida, demorei pra caramba pra juntar o dinheiro do salão, porque tinha que comprar fralda, leite, pagar alguém pra tomar conta. Criança custa caro pra cacete.

Então, quando eu e o Volnei, quando a gente começou a sair, eu ainda não tinha o salão de beleza. O terreno já tava comprado, mas faltava a grana pro cimento, pro tijolo, enfim, pras parada da construção. Trabalhei mais uns quatro ou cinco ano com as duas velha pra conseguir tudo. O Volnei ajudou à beça. Tomava conta do Máicon pra mim quando pegava folga no comércio; e quando a gente teve a Giselly ele pediu licença só pra ficar com os filho por um tempo. O Máicon e a Giselly, eles ama muito o Volnei, pode perguntar pra eles.

A família do Volnei era cheia, cheia dos problema, todo mundo sabe, pai alcoólatra, mãe doida, a irmã fugiu de casa com catorze e foi fazer ponto nas esquina de Copacabana, o irmão ficou uns ano preso, pegaram ele vendendo celular roubado. O Volnei não, nunca se meteu em parada errada. Eu sou mulher de muita sorte, homem igual ao Volnei não tem. Ele é feito eu, batalhador, pensa grande, ajudou muito com as criança. Quando eu mais a Adrienne compramo tudo pro salão, o Volnei juntou uns amigo pedreiro dele e levantou o negócio. Três mês e o salão tava começando, cinco mês e já era sucesso na favela. Todo mundo da comunidade ia lá, até a piranha da Gorette. Mas ela ainda não tava de caso com meu homem, acho que ela ainda tava se esfregando com os outro.

A verdade é que o Volnei com as mulher não faz muito sucesso, nunca fez, o Allain e o Trévis é que passavam o rodo, comeram o morro todinho. Menos eu, que eu num dava moral pra nenhum dos dois. Mas tá... O que eu tava dizendo é que o Volnei nunca foi do tipo galã, sabe? Tem mulher que gosta de homem bonito, metido a charmosão, que nem nas novela, aqueles loiro, que fala poesia, um bando de nada-a-ver, mas eu sou muito mais o meu Volnei, preto, cabelo crespo, caquelas mão bonita, cheia de calo, veiúda, que me pega de jeito; a coisa da altura é que atrapalha o Volnei. Um metro e sessenta e dois é nanico, né? Mas eu não me importo, até gosto.

Mermo com os defeito, o Volnei é homem pra vida toda, tô te falando. Ajudava em casa e ainda vivia dizendo que ia juntar dinheiro pra comprar mais um salão pra mim, mermo que longe, lá pros lado de Cascadura, Madureira, ou se desse até na Tijuca. Ele trabalhava, mas sonhava alto. Sempre achei que ele dava pra político, e eu claro que tava certa. O vereador Abílio Nunes bem chamou ele pra ser cabo eleitoral na comunidade e foi um arraso, ele foi ficando importante, só orgulho, desenrolando as parada pro povo. O senhor sabia que foi o Volnei que conseguiu o asfalto da rua 7? O da 9 e da 10 também. E foi ele que convenceu a reformar a quadra de esporte e colocar a mureta no valão das Sete Pedra. Aquilo lá era um nojo antes. A favela foi ficando um paraíso, todo mundo se animando, tinha até gringo que vinha passear, tirar onda de dormir no morro, vê se pode isso? Até que começou as morte.

O primeiro menino tinha o quê? Catorze ano? Eu não conhecia ele, ele vivia com a mãe lá pros lado do Quintanhão, fiquei sabendo só por alto. Fernandinho o nome, né? No salão, todo mundo só falou disso a semana inteira. Que encontraram o corpo do Fernandinho numa vala no PPG, que ele tava nu, que o corpo já tava todo deformado, meio que podre, né? Disseram que o Fernandinho tava sumido fazia uns dia, fiquei com muita pena da mãe dele. Perder filho é pior coisa que tem, as coisa da vida acontecendo na ordem errada. Depois é que a gente teve mais detalhe. O Fernandinho morreu com o próprio cadarço amarrado no pescoço, né? Isso aí, estrangulado. E falaram ainda que o pinto dele foi arrancado com um gargalo de garrafa. Misericórdia, que horror!

O segundo menino eu conhecia. Eu tava no mercado comprando umas parada pro salão quando ouvi o grito, fui correndo pra praça ver que que tava acontecendo. Era o Sebastião das verdura, ele tava com o filho morto nos braço, o Juninho, ele só tinha doze ano, mas tava todo estraçalhado, coitado, nunca vou esquecer, foi a coisa mais triste que já vi na vida. Tava nu, só de tênis, a cabeça dele tava roxa, tinha uma marca vermelha em volta do pescoço. Era ali que o cara tinha apertado, eu vi logo, mas tinha corte no corpo todo, na barriga, no ombro e é, é, no pinto também. Eu bem reparei que tinham rapado o pinto do menino fora. O Tião estranhou que o Juninho não chegou da escola e saiu pra procurar, foi ele que achou, coitado, o próprio filho, no meio do mato, perto do valão das Sete Pedra. Pegou o filho nos braço e veio correndo até o posto médico da praça, pedindo socorro, implorando pra alguém salvar o moleque, mas o Juninho já tava morto faz tempo, era só olhar pra ver. A garganta dele tava rasgada assim, ó, tipo uma boca enorme. Nunca vi um homem chorar tanto na minha vida. E logo o Tião, que eu pensei que não chorava, ele desmontou ali na praça, na frente de todo mundo, nunca mais foi igual. O grito dele vinha de dentro, sabe? Escuto até hoje.

Mas foi o terceiro menino que mexeu mais comigo. Todo mundo no morro conhecia a história do Wesley. A mãe do Wesley morreu quando teve ele, coisa de problema de parto. O Wesley também nasceu com problema, tadinho, era surdo e mudo de nascença, mas era um bebê tão bonito, tinha uns olhos verdão assim! O Wesley foi criado pela dona Maria das Dores, a avó, e todo mundo lembra quando ele participou de um programa de TV desses que ajuda os pobres, e ele ganhou o dinheiro pra cirurgia dos ouvido. Parece que a mudez não tinha jeito, mas os ouvido tinha. Ele fez a cirurgia e foi uma emoção danada aqui na comunidade, agora ele ouvia tudo quando a gente chamava, nem precisava fazer sinal. Isso foi quando? Acho que o Wesley tinha uns onze, doze ano, coisa assim. Daí, veio a morte. Fiquei toda nervosa quando me falaram que o Monstro tinha pegado ele; o Wesley, ele também tava nu, enforcado no próprio cadarço, igualzinho os outro. Sacanagem danada matar uma criança muda. Fico pensando nisso. Ele nem podia gritar...

Só depois que morreu mais um é que os jornalista tudo chegaram. Morte de moleque preto e pobre é assim mermo, demora pra virar notícia. O quarto foi o Yuri, de quinze ano, esse eu conhecia bem. Ele era da turma do Máicon. Meu filho ficou mexido, tentava disfarçar, mas eu bem vi que ele tava mijando nas calça de noite. Eu não fiquei tão mexida com a morte do Yuri, não. Ele era um moleque ruim mermo, batia nos menor, xingava todo mundo, já tava até querendo se meter com os negócio errado, ficava tirando onda de aviãozinho pras outra criança, era do demo mermo. O senhor sabe, criança assim? Vai ver foi até bom que passaram logo ele.

Mas aí o morro virou uma zona. Um bando de jornal veio fazer arruaça. Deu até no Datena. Um dos repórter apareceu pra entrevistar os morador, ele me entrevistou, isso foi muito emocionante, aparecer na tv. Sou fã do Datena, gosto mais que do Marcelo Rezende, bem mais. Acho que foi ele que deu esse nome pro assassino: Monstro do Cadarço. O Datena é muito bom, né?

Ah, tá, a polícia tava interrogando geral, a fofoca rolando solta, o povo ficou muito nervoso, claro, cheio de medo, que as criança nem podia mais brincar na rua, muito menos sair de noite, foi a ordem lá dos polícia. Os repórter dizia que tinha um assassino em série na comunidade, outros metido ficava falando "sirial quiler" pra cima e pra baixo. Eu não tava entendendo nada, mas a dona Lana explicou.

A dona Lana era uma loira magricela com voz rouca que trabalhava pros polícia. Ela foi muito legal com a gente da comunidade, passou de colégio em colégio pra falar com as criança, pros moleque tomar cuidado. A dona Lana que explicou que os sirial quiler tem uma receita lá deles que eles seguem sempre, e que a receita do Monstro do Cadarço era matar moleque nessa idade de dez, quinze ano, que ele enforcava os menino no cadarço do próprio tênis e levava o cadarço com ele, que todo mundo tinha que abrir os olho.

Eu tive uma conversa séria com o Máicon. Ele já tinha dezesseis ano, mas vai saber. A conversa não adiantou muito, ele quis dar uma de herói, disse que não tinha medo de Monstro nenhum, que era esperto e que não ia dar mole pra ninguém pegar ele. O Máicon sempre foi marrento que nem o Traste. Por via das dúvida, eu escondi todos os tênis dele e fiz ele andar só de chinelo. Assim, o Monstro não pegava ele, né?

Aí tempo foi passando, mas a comunidade continuava uma merda. Todo mundo era conhecido de todo mundo, e a gente tinha certeza que alguém de dentro que tava matando os menino. Deu no Datena que nenhum tinha sido estrupado, nem abusado, nem nada. Disseram que isso era estranho: não ter estrupo. Daí que o tal do assassino em série podia ser homem ou mulher, tá entendendo? Eu fiquei pensando se alguma das minhas cliente era capaz dessas crueldade, será que o tal sirial fazia cabelo no meu salão? Fiquei um tempão com isso na cabeça, até que passou.

Pra mandar a real, só passou no dia que eu tive outra coisa pra me apoquentar. Que foi o Volnei, né? Foi numa segunda, que eu lembro. No domingo, o Monstro do Cadarço tinha matado mais um menino, o Gabriel, tava todo mundo falando disso, a favela tava um inferno de novo. A Adrienne se enrolou toda com as cliente naquele dia e pediu preu ir na lotérica pagar as conta do salão e eu disse que tudo bem. Daí que no caminho eu vi o Volnei andando de um jeito estranho, olhando pros lado, saquei logo que tinha coisa errada. Fui atrás. Logo umas rua depois, naquela área mais deserta ali pros lado do Minguá, o Volnei tava aos beijo com a Gorette. Eu nem acreditei no que tava vendo. O Volnei, que tinha que tá na obra do vereador lá em Frades naquela hora, tava ali, no Minguá, beijando a piranha. O Volnei, o meu Volnei, com amante! Tava na cara que ela que fez a cabeça dele, ela que deu condição e desviou meu homem.

Não nasci pra ser mulher chifruda. Sou que nem minha mãe. Quando ela descobriu que meu pai tava traindo ela, esperou o velho dormir, esquentou uma panela cheia e derramou água fervendo no pinto dele, ficou igualzinho uma couve-flor. Quando eu vi aquilo com a Gorette, eu bem quis ir lá dar uns tapa na fuça dela. Mas eu é que não ia perder minha pose, deixar minhas cliente ver escândalo e me ferrar por causa daquela safadeza. Não, segurei minha vontade de dar umas porrada na Gorette, fiquei matutando o que fazer. Quero nem saber se vingança é pecado, num é pecado. Eu sou vingativa mermo, com orgulho, e ai de quem tentar me fazer de otária.

Aí eu resolvi que primeiro eu queria saber mais sobre aquela piranha da Gorette. Entrei no Facebook do Volnei e lá tava a vaca entre os amigo dele. Entrei no perfil dela. Gorette Vitória, nome ridículo. Fui olhar o álbum de foto da safada, cheio de curtida e comentário de marmanjo. Homem é mermo um bicho muito babão! Eu bem pensei que o Volnei já tinha olhado aquelas foto também e isso me deu um ódio danado, era um bando de foto com metade do peito pra fora, dela de óculos escuro, boné, shortinho, cerveja na mão, apoiada nuns carro novo, empinando o rabão. Maior cara de piranha, isso sim. Tinha umas foto dela na praia também, toda malhada, e com piercing no imbigo. Sempre quis ter piercing no imbigo.

É engraçado que homem pensa que a gente é trouxa, né? Quando o Volnei voltou pra casa naquele dia, eu bem mexi no celular dele quando ele tava no banheiro. Queria saber quanto tempo aquela safadagem tava rolando debaixo do meu nariz e descobri que era cinco mês. Cinco mês de "minha gostosa" pra lá, "meu baixinho" pra cá. Quasqueu peguei a faca de cozinha e acabei com a raça do Volnei ali mermo, no chuveiro. Mas daí eu pensei que ele até que prestava pralguma coisa em casa, que a culpa não era dele, a culpa era daquela piranha-traiçoeira-vadia da Gorette, que ficava abrindo as perna pros homem dos outro. Quando o Volnei saiu do chuveiro, ele viu que eu tava mexendo no celular dele, meus olho tava grudado nas coisa que a safada dizia pra ele, ela tava fazendo a cabeça dele, insistindo pro Volnei me largar, é mole? Mas a gente não falou disso, o Volnei fez que não viu e ficou um silêncio bem esquisito entre a gente. Ele sabia que eu sabia, tenho certeza.

Olha, vou ser sincera contigo. Não sei direito quanto tempo depois, não. Mas foi bem rápido, coisa de uma semana, no máximo. Eu não tava conseguindo tirar essa história da cabeça. Tudo o que o Volnei falava eu tinha certeza que era mentira. Ele falava que ia pra uma obra lá no Quintanhão, mentira! Falava que ia visitar uma prima em Padre Miguel, mentira! Era uma merda pensar que ele tava no motel com a Gorette e eu ali no salão, ralando; isso perturbava demais minha cabeça.

Pior, eu nem podia falar pro Volnei escolher entre eu e ela, que ela, com aquela barriguinha seca e aquele rabão, tava na vantagem, e eu não ia suportar se o meu Volnei escolhesse ela. Eu ia matar os dois e, na real mermo, eu não vim pro mundo pra matar ninguém. Eu não deixo barato, mas não sou bandida.

Tá, então, como eu tava falando, coisa de uma semana depois eu resolvi mexer nas coisa do Volnei, ele não tava em casa, disse que ia no centro pegar uns documento, mas devia é estar com a Gorette no motel, isso sim. Não sei por que eu decidi fuçar as coisa do Volnei, sei lá o que eu tava procurando, mas eu tinha que fazer alguma coisa, não dava pra ficar parada, né? Comecei pelas roupa dele, fui cheirando tudo pra ver se tinha o cheiro dela; não tinha. Daí, fui pros sapato e bem vi que tinha uns três tênis bem maneiro que eu dei pra ele que não tavam lá, tinha sumido. Mexi nas gaveta, uma papelada danada, o Volnei é desses que guarda qualquer cacareco. Também não achei nada. Foi só bem depois, tipo duas hora, que eu achei a caixinha, do tamanho de um pote de manteiga. Ela tava bem lá no fundão do armário, num canto que eu nunca mexo. Peguei a caixa e abri. Lá dentro, bem arrumadinho, tinha uns sete cadarço de tênis. Cadarço colorido, coisa de criança. Eu que não sou burra entendi logo: o meu Volnei era o Monstro do Cadarço.

Se eu fiquei com medo? Olha, pra mandar a real, não fiquei, não. Conheço meu Volnei faz tempo, ele nunca me encostou um dedo. Sempre foi carinhoso, pai de família, nunca fez mal pra mim nem pros meu filho. Nada me tira da cabeça que se enrolar com a diaba da Gorette que fez esse troço aparecer nele, que fez ele virar o Monstro, entende? Porque só pode ter sido isso. Meu Volnei não era de matar, ele era herói do povo.

Que que eu fiz com os cadarço? Nada, ué. Coloquei de volta na caixa, dobradinho, bonitinho que nem tava, guardei a caixa de volta no armário e fui trabalhar no salão. Claro que essa história ficou matutando na minha cabeça, mas imagina que eu ia entregar o meu Volnei pros polícia. Eu nem tinha certeza se era ele, alguém podia ter enfiado aquilo lá! E, mermo que fosse ele, você não deixa de amar uma pessoa só porque descobre uma loucura dela. Meu Volnei precisava era de ajuda, de eu do lado dele pra ajudar a passar essa doideira.

Quando cheguei no salão, fui olhar a agenda da semana e vi que a Gorette tinha hora marcada com a Adrienne no dia seguinte. Logo de manhã, primeiro horário, a safada ia lá fazer pé e mão, pra ficar mais bonita pra abrir as perna pro meu marido. Mas foi aí que eu tive a ideia. Veio prontinha, era pra matar dois problema numa vez só.

Eu disse pra Adrienne que tava passando meio mal, pedi pra ela desmarcar minhas cliente e fui pra casa mais cedo. Liguei o computador e criei bem uns cinco perfil falso no Face. É fácil, eles nem pede muita coisa. Criei os perfil falso e saí adicionando o pessoal da comunidade – todo mundo aceitou, que o povo aceita qualquer um. Daí, catei as foto da Gorette. Escolhi bem uma que a vadia não tava sorrindo. Era difícil, porque ela arregaçava aquela boca em quase tudo que é foto, mas eu achei uma lá que era boa, mostrava a fuça safada dela, e ela não tava sorrindo, parecia aquelas foto de identidade.

Peguei essa foto da Gorette e fui mexendo lá na foto. Eu já tava terminando quando o Volnei chegou em casa, tive que desligar tudo correndo. Fui pro quarto com ele, tentei fazer carinho, uma trepada boa que a gente não tinha faz tempo, mas ele disse que tava morto de cansado e que tinha que acordar cedo pra fazer um serviço de vigia lá na Barra. Eu fingi de santa e aceitei.

No dia seguinte, acordei antes das galinha, e o Volnei já tinha saído. Daí que eu tava com folga, liguei o computador e postei nos cinco perfil falso de Facebook a montagem que eu fiz da Gorette. "COMPARTILHE!!!", eu escrevi junto com a imagem. E eu sabia que o povo ia compartilhar, todo mundo sempre compartilha desgraça; desgraça e bênção de Jesus, é isso que o povo gosta de compartilhar no Face. O legal desse mundo das internet é que tudo que a gente escreve vira verdade, ninguém tá nem aí; tá na internet, já é de verdade e pronto.

Antes de sair, peguei a caixa do Volnei com os cadarço e escondi na minha bolsa. Quando cheguei no salão, a Adrienne já tava lá fazendo as patas da Gorette. As duas toda de papinho; eram amigas, parece. Aproveitei que elas tava distraída e botei a caixinha na bolsa da Gorette. Ela nem viu. Botei a caixa com todos os cadarço lá e foi só esperar. Eu tava sem cliente naquele horário, fiquei mexendo no celular. A montagem que eu fiz da Gorette já tava com mais de dez mil compartilhamento no Face. Isso em coisa de duas hora. Dez mil em duas hora. Muita coisa, né?

O post que eu fiz era demais, tinha a fotona da Gorette e embaixo tava escrito: "POLÍCIA PROCURA ASSASSINA DOS MENINO DA COMUNIDADE DO TELLES. O MONSTRO DO CADARÇO É GORETTE VITÓRIA – SUMIDA. COMPARTILHE E AJUDE A ENCONTRAR." Daí, pra dar uma caprichada, ainda coloquei do lado umas foto pequena de uns menino que achei na internet. Coisa de profissa mermo. Fiquei orgulhosa de mim e da minha vingança. Eu queria dar um susto na Gorette e livrar a barra do meu Volnei, pra gente poder resolver a maluquice dele depois. Mas como eu ia saber que ia dar no que deu?

Quando a Gorette saiu do salão, toda serelepe, se achando bonitona, pronta pra dar pro meu Volnei, a foto já tava espalhada nas internet tudo, tava a favela inteira sabendo. Eu vi pelo vidro do salão quando a multidão avançou pra cima dela na praça. O povo não quis nem perguntar nada, tirar satisfação; saiu descendo a porrada na Gorette. Alguém pegou a bolsa dela e encontrou a caixa com os cadarço dos menino e foi aí que o bicho pegou mermo. Não precisava de mais nada. Ela até tentou se defender, disse que não sabia que cadarços era aquele, mas o povo, o senhor sabe como é, o povo é surdo que nem o Wesley quando que nasceu. Deram muita porrada na Gorette. Era chute na cara, na barriga, nas costa, muito soco, cuspe e tudo. Dava pra ouvir os osso dela quebrando, gente torcendo o braço dela, esmigalhando os dedo, pisando no joelho até o osso ficar pra fora.

O Sebastião das verdura chegou logo depois, ele tinha uma faca grandona na mão. Esfaqueou o rosto da Gorette, desfigurou ela todinha, urrando de ódio. Tava vingando a morte do filho, todo mundo deixou ele esfaquear em paz, ninguém nem se meteu. Mais tarde, quando eu vi o corpo morto, todo ensanguentado, nem dava pra reconhecer a Gorette. A orelha dela tava dependurada na cabeça assim, ó, e o olho tinha ido parar no queixo. O cabelo dela tava todo desgrenhado, e os dedo tudo quebrado, não adiantou de nada o trabalho da Adrienne. O cabelo loiro chapado, cheio de sangue, fica duro feito pedra, cabelo pixaim. Mas a Gorette não morreu logo, não. Vaso ruim é difícil de quebrar, o senhor sabe. Depois de levar muita porrada, ela ficou toda torta, esculhambada, se arrastando no asfalto, mas ainda tava viva, botando sangue pra fora, repetindo que não sabia o que tava acontecendo. O povo não tem pena. Tava todo mundo com uma raiva danada dentro do peito e isso ninguém podia parar, ela já tinha desmaiado e acordado de novo umas três vez, mas ninguém deixava de chutar nem quando ela desmaiava, era muita raiva guardada. A ambulância chegou, sei nem quem se deu o trabalho de chamar, e a Gorette ainda tava viva, eu tenho certeza. Só que era muita gente na praça e eles barraram o caminho, pra não deixar que os médico pegasse a Gorette pra salvar. Ela morreu ali mermo, na frente de todo mundo.

Quer saber que que eu acho? Que ela mereceu. Tinha nada que se meter com homem dos outro. Se eu tenho culpa? Claro que não, a Gorette foi porrada pelo povo lá da praça, eu nem encostei um dedo nela. Fiquei só do salão, vendo. O senhor não vai me prender porque não fui eu que matei ela. Eu só espalhei a história nas internet, coisa que todo mundo faz. Mas como é que eu ia saber que o povo ia matar ela? Não tinha como. É uma força, viu, quando o povo se junta...

Só fiz isso tudo porque eu tinha que resolver as coisa pra ficar com o meu Volnei, que ele tava precisando tanto da minha ajuda. Tinha tudo pra dar certo. Pena que ele foi preso logo depois. Ele é burro mermo, coitado, deixou as digital tudo nos cadarço e na caixa. Eu usei luva, que nem a gente vê nas série; aquelas luva que usa pra pintar cabelo. Mas eu sou esperta. O Volnei achava que ninguém ia saber da caixinha. Ele não pensou nisso. Sei que ele matou aqueles menino, sei que foi ele que enforcou os menino com os cadarço e cortou o pinto deles fora, mas ele é um homem bom. Pode acreditar em mim! Ele é um homem bom, que cuida dos filho e cuida da comunidade. O Volnei pode ter feito o que for, que eu tô do lado dele. Eu amo o meu Volnei, seu delegado. Amo muito.

MATERIAL ESCOLAR

LUISA GEISLER

1. RELATO DE CAROLINA:
EU GASTEI CENTO E CATORZE REAIS COM MATERIAL ESCOLAR PARA ESTE SEMESTRE. NÃO CINQUENTA. NÃO TRINTA E DOIS. NÃO O PREÇO MAIS BÁSICO DA PROMOÇÃO LEVE-TRÊS-PAGUE-DOIS COM AQUELES KITS DE CANETAS FEIAS. CENTO E CATORZE REAIS COM SETENTA E TRÊS CENTAVOS. SE NÃO TIVESSE COMPRADO PELA INTERNET, TALVEZ ARREDONDASSEM ESSES SETENTA E TRÊS CENTAVOS. BOM, NÃO SEI.

O jeito como uma pessoa organiza as próprias informações diz muito sobre ela, muito mais do que uma roupa de grife ou um celular da moda. Não que eu não tenha esses também, por causa das minhas informações. Vejam bem: eu precisava de um pacote de post-its novo. Aproveitei e comprei uma caneta esferográfica com ponta 0,7mm, porque a partir de 1mm a caligrafia fica aquela coisa grossa e horrível. Qualquer pessoa com um pouco de respeito por si mesma usa no máximo a 0,8mm preta. Não azul. Azul não transmite confiança ou a seriedade necessária a um caderno de linhas pretas. As linhas do caderno têm que ser pretas também. Que tipo de pessoa quer linhas de outra cor? Ah, só falta querer escrever com um toco de carvão na parede de uma caverna.

Precisava de uma caneta-borracha, para não apagar que nem uma ogra por toda a página.

Precisava daquelas canetas hidrográficas com ponta bem fina, para fazer as setas que ligam uma ideia a outra. Isso valoriza o original, usar umas cores que fiquem confusas (ou que não apareçam) quando fazem cópias.

Precisava de prendedores de papel maiores que clipes para juntar cada edição dos resumos. Separar "Prova de biologia 1º ano 1º semestre E.M.: conteúdo" de "Prova de biologia 1º ano 1º semestre E.M.: exercícios resolvidos" e, claro, "Prova de biologia 1º ano 1º semestre E.M.: exercícios resolvidos e comentados".

Precisava de cartões para fichamento, para as versões de bolso dos resumos pré-prova. Eu sou muito estudiosa. Muito estudiosa mesmo.

2. TRECHO DE BOATO DE FONTE ANÔNIMA:

Olha, só sei que ela é lésbica. Nada contra, tenho até amigas que são.

3. TRECHO "A" DA TRANSCRIÇÃO DE ENTREVISTA COM CAROLINA:

– Você pensa em fazer o vestibular, Carolina?

– Engenharia Elétrica.

– Por quê?

– Pra não me tornar uma psicóloga escolar frustrada, claro.

4. RELATO DE GUILHERME:

A Carol e mais umas meninas costumavam ficar em torno de uma mesa no pátio. Elas estavam olhando a tela do celular de uma delas enquanto uma quarta menina tentava fazer bolas de chiclete. Ela tentava, mas a bola estourava.

– Carol – corri até ela –, cê já chegou a fazer Literatura no primeiro ano com a Fernanda de Abreu?

A Carol ainda olhava a tela do celular:

— Bom dia pra você também.

— Isso — tentei me acalmar. — Primeiramente bom dia.

— 'Primeiramente' não existe.

— *Carol.* — Eu queria muito me acalmar.

A Carol parou de olhar a tela do celular e olhou pra mim, como se a gente nunca tivesse discutido. Ela olhou para os lados e ficou encarando a irmã Tássia enquanto ela ia xingar um garoto que tinha o uniforme fora do lugar. Mas ela ficou numa calma comigo ali. Como se ela não fosse colega do meu irmão mais velho e eu não soubesse um monte de coisas dela. Como se ele não tivesse me contado da festa do terceiro ano em que ela misturou vodca com suco de laranja e saiu vomitando.

— É o quê? — Ela cruzou os braços como se negociasse crack ou heroína. — Barroco, arcadismo, a coisa toda?

— Acho que é. — Eu mal terminei de falar e ela riu.

— Ele acha que é. — Ela suspirou, ainda se rindo.

— Até quando eu posso te confirmar?

— Quando é a sua prova?

— Semana que vem.

— Eu não sei se tenho o da Fernanda de Abreu. É possível que tenha. O preço segue a tabela desse ano.

— Mesmo sem ser o da Fernanda de Abreu?

— Se eu não tiver comigo, vou precisar arranjar. Se precisar arranjar o da Fernanda de Abreu pra você, sai mais caro.

— Mais caro?

— Sim – ela falou bem devagar. – Mais caro.

— Pô, Carol.

A Carol deu de ombros e ficou me olhando:

— Me confirma a matéria até quarta. Depois de quarta, vira a tabela de urgência.

5. RELATO DE LETÍCIA:

Ela se atrasou. Ela tá sempre atrasada. E daí ela sempre pede desculpas, diz que teve alguma coisa. Algo com a escola. É sempre alguma coisa com a escola. Ela se atrasa pra escola? Porque ela se atrasa comigo.

Ela chega do nada, me abraça e me gira de levinho. Eu esperneio pra ela não fazer isso em público. Ela faz uma voz de criança e me chama de Tequinho. Ela pede desculpas pelo atraso. Antes de atravessar a rua pra parada de ônibus, a gente olha pros dois lados, porque a gente sempre olha pros dois lados.

— Já aprendeu a fórmula de Bhaskara?

Ela sempre pergunta isso.

— Não, né.

E ela sempre acha engraçado.

– Eita, Tequinho.

Ela sempre fala "Eita, Tequinho". Eu tenho nove anos, sabe? Eu sou uma pré-adolescente. Uma pré-adolescente. Eu já sei digitar, sei usar o celular. A Carol me comprou uns livros do Harry Potter e eu já li todos. E sabia que os livros do Harry Potter são pra crianças a partir de doze anos? Ou seja, eu sou quase uma adulta. Eu sou muito madura. Pode anotar aí. Ela não devia me tratar assim mais. Tequinho...

– O que a gente almoça hoje? – pergunto.

– Como eu vou saber?

– A mãe vai fazer uma faxina no horário de almoço e não vai conseguir voltar.

– Ela não me disse isso.

A gente chega na parada de ônibus. Umas crianças brincam na pracinha do lado. Mais ao fundo, uns moleques fumam perto de um vendedor de churros. A Carol se apoia num poste.

– Não tem nada em casa – digo.

– Eita, Tequinho. Será?

– Tem lasanha congelada.

A Carol tira minha mochila das costas.

– Lasanha congelada tem tipo material radioativo nos ingredientes.

A Carol sempre parece se preocupar com os ingredientes. Fico pensando nisso. Passa um ônibus, mas não é o nosso. A movimentação de gente que entra e sai e conversa e passa faz com que a gente fique quieta por um momentinho.

– Achei que você soubesse – eu falo enquanto o ônibus vai embora.

– Não tava sabendo, não. – Ela faz uma careta pra mim. Eu rio. Ela sempre me faz rir.

Eu fico olhando pros moleques que fumam perto do churros. A gente vai ter que chegar em casa e fazer o almoço e só daqui a umas duas horas vamos comer. Aposto que o vendedor de churros tem de doce de leite e de creme. A Carol me estende a minha mochila, como se a gente fosse pegar o ônibus. Mas não vinha nenhum ônibus.

– Cê tomou café hoje? – ela pergunta.

Ela sabe que não. Ela sabe disso. Assim que eu pego a minha mochila, ela me puxa pela mão na direção do parquinho e do vendedor de churros:

– Já que não tem ninguém nos esperando...

6. TRECHO "B" DA TRANSCRIÇÃO DE ENTREVISTA COM CAROLINA:

– A senhorita sabe que existe uma série de relatos a seu respeito.

— De quem?

— São... relatos, trazidos por alunos.

— Desculpa, eu não sei do que você tá falando.

— Não mesmo?

— Nem ideia.

— Sabe, Carolina, muitos desses relatos são interessantes, pois apresentam olhares em relação à sua pessoa e à sua personalidade.

— Olha, não entendi nada do que você disse, mas achei muito bonito.

— (risos)

— (risos)

— Entendeu sim, Carolina.

— Eu juro que não fiz nada. Todo mundo sabe que eu não faço nada.

7. RELATO DE MICHELLE:

A Carol não brinca em serviço, não mesmo. Ela é muito esperta, sabe? Pouca gente sabe, mas ela é bolsista dessas de notas altas. Precisa ter média oito e meio em tudo. Se ela fica com média acima de nove, ela ganha uma bolsa-auxílio, algo assim. Ela é muito esperta, sabe? Eu posso falar disso com você? Eu achei que ganância fosse pecado capital.

Ela comprou um laptop e um iPhone. Tudo com o dinheiro dela. E ela é cheia de tabelas, de aplicativos, sabe quem deve dinheiro, quanto deve, sabe de cabeça quando tem época de prova, sabe o que vender no começo e no final do semestre. A Carol não brinca em serviço, não mesmo. E ela vai pagar a formatura assim. Vai alugar vestido, vai alugar salão, vai comprar foto, vídeo, vai isso e vai aquilo, sabe?

Eu me lembro quando a gente tava no primeiro ano e um menino do segundo ano queria um resumo de uma matéria que a Carol não tinha. Isso faz tempo. A Carol nem laptop e iPhone tinha, mas lá tava ela: qual matéria, qual prova, qual conteúdo, qual prazo. A Carol não brinca em serviço. Fez lá o resumo e o garoto tirou oito. A Carol ainda ficou braba porque achou que o garoto tinha condições de tirar dez.

Você pode gravar isso? Acho que a Madre Superiora não vai gostar muito. Ela não gosta muito dessas conversas, não.

8. RELATO DE GABRIEL:

Eu me lembro de quando a Carol chegou e pediu pra falar comigo longe dos guris. Isso faz tempo, meu velho, muito tempo. Eles ficaram todos se rindo porque eles são todos uns retardados. Graças a Deus, as duas freiras que circulam naquele andar não tavam ali. "Graças a Deus." Soa meio irônico, né?

Enfim, e a Carol não é feia, meu velho. Ela é toda pequena, magrinha, baixinha e, se quisesse, poderia andar com as minas ricas e fúteis. Se a puberdade fosse uma piscina em que se mergulha, a Carol só teria sentado na borda com as pernas na água. Magrinha, pequenininha, ainda meio guri, mas ao mesmo tempo, com um olhar que te domina.

Esse olhar e essa atitude.

E ela me olhou com esse olhar e essa atitude. E me disse que sabia que eu era o melhor da minha turma. Eu disse que nunca achei que isso me levaria a muitos lugares. Ela riu, ainda me olhando nos olhos. Aquele olhar, meu velho. Ela me disse que precisava de um favor. Eu me ri. Era a hora.

Ela disse que precisava de alguém que conhecesse a matéria do pessoal do primeiro ano. Como o professor de Química tinha mudado, ela precisava de alguém que conhecesse os exercícios novos.

Oi?

E eu disse "Oi?", aliás. Eu não pensei "Oi?". Porque eu sou uma anta. E comecei a ficar vermelho na frente da Carol e ela rindo. Ela perguntou se eu conhecia o negócio que ela gerenciava na escola. Eu disse "Oi?" de novo. E comecei a ficar mais vermelho. Eu disse que claro, mas gaguejei. Porque eu sou uma anta, meu velho.

Ela disse que eu podia ficar com um quarto do valor que ela cobrasse de tudo que fosse material inédito. Aliás, eu tenho certeza que ela disse alguma coisa sobre ir pra um quarto, ficar de quatro, sobre ficar com quatro. Eu tenho certeza. Ela quem começou. Aí eu disse que nem precisava ficar de quatro, porque a gente podia negociar algo que fosse melhor pra ela. E nisso, ela começou a berrar de rir. No meio da escola. E eu vermelho. O calor. O suor. Eu fedia.

E foi aí que ela pegou a minha mão. Puta que pariu. Desculpa. Não pode falar, né? Não conta pra Fernanda de Abreu. A Fernanda de Abreu me encaminha pra direção sempre que eu falo um palavrão. Por favor.

Tá. Beleza. Brigado. Cê é massa.

Naquele momento, era impossível passar mais vergonha. Eu sabia que aquilo ia dar muito problema.

A Carol pegou meu celular da minha mão. E salvou o número dela. E disse: me manda uma mensagem e a gente vai negociando. Mas ela disse pra eu não me preocupar com nada.

Eu voltei pro grupo dos guris e eles choraram de rir do meu probleminha.

9. TRECHO DE BOATO DE FONTE ANÔNIMA #2:

Olha, eu ouvi que ela namora um cara que faz faculdade. Medicina. Óbvio.

10. TRECHO "C" DA TRANSCRIÇÃO DE ENTREVISTA COM CAROLINA:

— A senhorita não acha que pode estar prejudicando algum de seus colegas?

— Eu acho que todo mundo vai ser o vilão da história de alguém algum dia.

(silêncio)

— Você pensou nessa frase agora mesmo?

— Li isso num livro uma vez.

— Então você se acha a vilã?

— Se eu sou a vilã, e você é o meu vilão... você é o herói?

— Eu seria o seu vilão, então?

— Nossa, você não interpreta nada bem, hein? Eu digo "se tal coisa é", você já vem perguntar se o exemplo é real. Você precisa de uns livros.

— Você gosta de ler, então?

— Quem não gosta?

11. RELATO DE DALVA:

A Carolina parecia bem cansada quando voltou do mercado. Tava tudo bem? Tudo bem. Ela sorria muito enquanto descarregava as compras. Por que tão determinada, Carolina?

Trouxe uma caixa com doze litros de leite, uma dúzia de ovos, dois pacotes de aveia, um sabão em pó, um pacote de pilhas, um pacote de pão, 200g de queijo, 200g de presunto, seis potinhos de iogurte, tudo a pé em uma viagem só. E tudo isso por dez reais. Eu perguntei como ela fez o dinheiro render tanto. Ela ainda organizava os pacotes de queijo e presunto na geladeira enquanto falava: faltou um ou dois reais, aí eu completei do meu dinheiro. Como esse dinheiro rende, Carolina?

Perguntei se tinha alguma coisa da escola por causa da formatura. Muita gente da vizinhança reclamava do preço das fotos. Ela alegou que é tudo coberto pela bolsa. Ela perguntou do pai. Eu disse que a entrega dele atrasou e que ele só chegaria sexta. Ela suspirou. Pelo menos a carga tem seguro, né? Tem, sim. Ela suspirou. Por que tanta preocupação, Carolina?

Ela perguntou se a Letícia tava na casa da Júlia. Eu disse que sim. Ela perguntou dos remédios, se eu tinha pegado a receita do anticonvulsivo novo. Eu comentei que tenho a receita, mas não o dinheiro, então ia comprar a Carbamazepina assim que chegasse o dia cinco. A Carolina olhou pra mim: mas por que não avisou?

Ela pegou a carteira da mochila e disse que nem a pau a irmã dela ficaria sem medicação por duas semanas! E soltou uns dois palavrões. Por que tão desbocada, Carolina?

Ela nem pareceu me ouvir falar e saiu da casa.

12. TRECHO "D" DA TRANSCRIÇÃO DE ENTREVISTA COM CAROLINA:

— Então você não é vilã?

— Mas eu não ajudo? Algumas pobres almas que foram falhadas pelo sistema? Que dependem de auxílios governamentais ligados ao desempenho escolar? Que têm dificuldade de aprendizado, mas nunca sequer foram analisadas por negligência?

— Mas eles não deveriam se esforçar pra obter sucesso?

— Mas o "sistema" – ela fez aspas com as mãos – não devia educar essas pessoas?

— Olha, Carolina...

— Eu ensino mais alunos que muitos professores. Eu recompenso os bons alunos.

— Mas não é você quem decide quem tem que ensinar ou recompensar.

— Que bom que não faço nada, então.

13. RELATO DE VITOR:

A Carol sempre toma café da sala dos professores durante o intervalo. Ela ficou amiga das freiras que ficam em torno da sala pra controlar o acesso. Ela tava lá conversando com a Irmã Telma, da Química. Ali do lado, eu acenei pra ela na fila da cantina. Ela acenou de volta. E saiu do grupo de professores e irmãs.

— Como foi a prova?

— Nove e meio.

Ela deu um tapinha no meu ombro:

— Sem semana de recuperação pra você.

— Cê salvou minha vida, Carol.

Deus abençoe a Carol, né? Deus abençoe.

14. TRECHO "E" DA TRANSCRIÇÃO DE ENTREVISTA COM CAROLINA:

— Carolina, como você se vê daqui a cinco anos?

— Estudando, trabalhando, cuidando da minha irmã, da minha mãe.

— Você se sente responsável por elas?

— Óbvio.

— E seu pai?

— Meu pai trabalha muito, então ele cuida delas de longe.

(A estudante fica em silêncio.)

15. RELATO DE MARIANA:

Eu tava sentada no ônibus quando vi a Carolina entrar. Ela acenou com a cabeça e sentou do meu lado. Falamos do calor, do verão e da formatura que se aproximava. Ela falou que o cheiro do ônibus era engraçado. Eu ri, porque ela é engraçada. Eu comentei que com essa história da formatura dela, muita gente começaria a ir mal na escola ano que vem. Ela riu e disse que ia ficar tudo bem, as meninas já sabiam do que precisavam. A Carol perguntou se minha mãe tava bem, e eu disse que sim. Ela disse que o que quer que precisasse, era só avisar. Agradeci. Uma das tias da Carol, ela disse, teve esse câncer da tireoide mas operou e tava bem.

A Carol disse que ia dar tudo certo.

Ela recomendou não comentar com nenhuma irmã, porque elas ficam achando que a gente é tudo meio do capeta porque as pessoas ficam doentes.

É. É bem ruim mesmo.

Mas eu fiquei em silêncio sorrindo.

Ela disse que o jornal de ontem prometia a chuva a partir de quarta.

16. TRECHO "F" DA TRANSCRIÇÃO DE ENTREVISTA COM CAROLINA:

— Carolina, você se enxerga como uma pessoa com muitos amigos?

— Acho que o suficiente. Amigos demais também atrapalham, né? (risos)

— Se você diz.

17. TRECHO DE BOATO DE FONTE ANÔNIMA #3:

Olha, eu acho que ela passa tempo demais com os professores e depois tira nota boa… Isso aí boa coisa não quer dizer…

18. TRECHO "G" DA TRANSCRIÇÃO DE ENTREVISTA COM CAROLINA:

— Você promete que essa é a última sessão?

— Prometo, Carolina. Não tem muito mais sobre o que a gente possa conversar. Eu precisava saber de você em sociedade, em relação a trabalho, família. Você não parece nada muito fora do normal.

— Eu acho que você parece normal também.

— (risos)

— Às vezes a gente fica preso nisso de "essa pessoa faz mal", "essa pessoa faz bem", quando ninguém faz nada de bom ou mau.

— Bem pensado. As consequências são boas ou más.

— Às vezes são boas e más ao mesmo tempo.

19. PARECER DO PROFESSOR MESTRE GERALDO TOMAZ DEL VINCETTO, PSICÓLOGO E COORDENADOR PEDAGÓGICO:

Ao Comitê Psicológico da Direção Geral da Rede Escolar Santa Maria Auxiliadora:

Carolina Paredes dos Santos tem uma personalidade claramente líder. É inteligente e intelectualizada, com média de nota 9,78 desde o começo do Ensino Médio. É amplamente gostada por figuras de autoridade na instituição como um todo.

O boato circulante é que, desde o primeiro ano do Ensino Médio, Carolina controla o que se tornou uma máfia de alunos que vendem e negociam resumos para provas, trabalhos prontos, exercícios corrigidos, resumos de bolso, entre outros. A iniciativa soaria inocente se Carolina não tivesse acesso a perguntas feitas em provas, desde fotos de celular até anotações de alunos recém-saídos da prova. Há relatos de manipulação de Carolina em diversas instâncias, como chantagem de alunos que tentam revender itens, sedução por informações privilegiadas e até mesmo ameaças físicas. Carolina é afiliada a estudantes com maior força física na escola, como atletas ou delinquentes ligados a pequenos crimes, inclusive tráfico de entorpecentes.

Diversos alunos com históricos de notas baixas e mau comportamento são amplamente aprovados com notas altas. Muitos dos resumos já foram encaminhados à direção, mas poucos alunos se dispõem a falar de Carolina pública e registradamente. Por ter tão boas relações com a maioria dos funcionários na escola, Carolina não atrai polêmicas, gerando um ciclo vicioso de respeito e silêncio.

Os trechos apresentados de transcrições de sessões de aconselhamento com a aluna sobre perspectivas futuras, além do que foi possível obter de entrevistas individuais, justificam cancelamento das últimas notas da aluna. Não há evidência de que ela mesma estudou para as provas, dadas as informações a que tem acesso.

Esse cancelamento a reprovaria, dando à instituição mais tempo para aconselhar a aluna e socializá-la melhor para o futuro. Há claras tendências sociopáticas na aluna, e a escola só conseguiria contribuir desta maneira.

20. PARECER FINAL DO COMITÊ PSICOLÓGICO DA DIREÇÃO GERAL DA REDE ESCOLAR SANTA MARIA AUXILIADORA:

As afirmações do Coordenador Pedagógico não exibem fundamento factual.

O Coordenador Pedagógico da Unidade Centro deveria ter cautela ao afirmar e/ou sugerir possibilidades mirabolantes a respeito de estudantes com bom histórico e bolsistas de mérito.

Há visível falta de cuidado nas acusações feitas, tanto em termos de impacto para a aluna quanto em termos de impacto para a imagem da escola.

O Coordenador Pedagógico sugere que haja vendas de entorpecentes na Unidade Centro. Essa sugestão é falsa.

O Coordenador Pedagógico sugere que haja chantagem e abuso físico entre alunos na Unidade Centro. Essa sugestão é falsa.

O Coordenador Pedagógico sugere que existe um mercado negro e séries de negociações dentro da Unidade Centro. Essa sugestão é falsa.

O Coordenador Pedagógico sugere sexo entre docentes e discentes. Essa sugestão é falsa.

O Coordenador Pedagógico sugere que alunos de péssimo desempenho ao longo do semestre só poderiam aprender através de resumos comprados. Essa sugestão é falsa.

O Coordenador Pedagógico não menciona o trabalho voluntário feito pela aluna em diversos eventos da Unidade Centro, em que inclusive o comitê teve a oportunidade de conhecê-la.

O Coordenador Pedagógico não aborda o brilhante ato de caridade que é trazer uma aluna de meios tão desfavorecidos para dentro de nossa comunidade.

Em épocas de pré-vestibular e com formatura, duvida-se que a estudante terá tempo ou interesse de ser constantemente acusada. Além disso, repetir a aluna por conta de boatos é uma ideia sem embasamento.

Sugere-se que o Coordenador Pedagógico ocupe seu tempo de maneira mais qualificada.

20.1 DETERMINAÇÃO FINAL:

Pedido indeferido.

Sugere-se arquivamento do processo.

Sugere-se à Unidade Centro afastamento temporário do Coordenador Pedagógico.

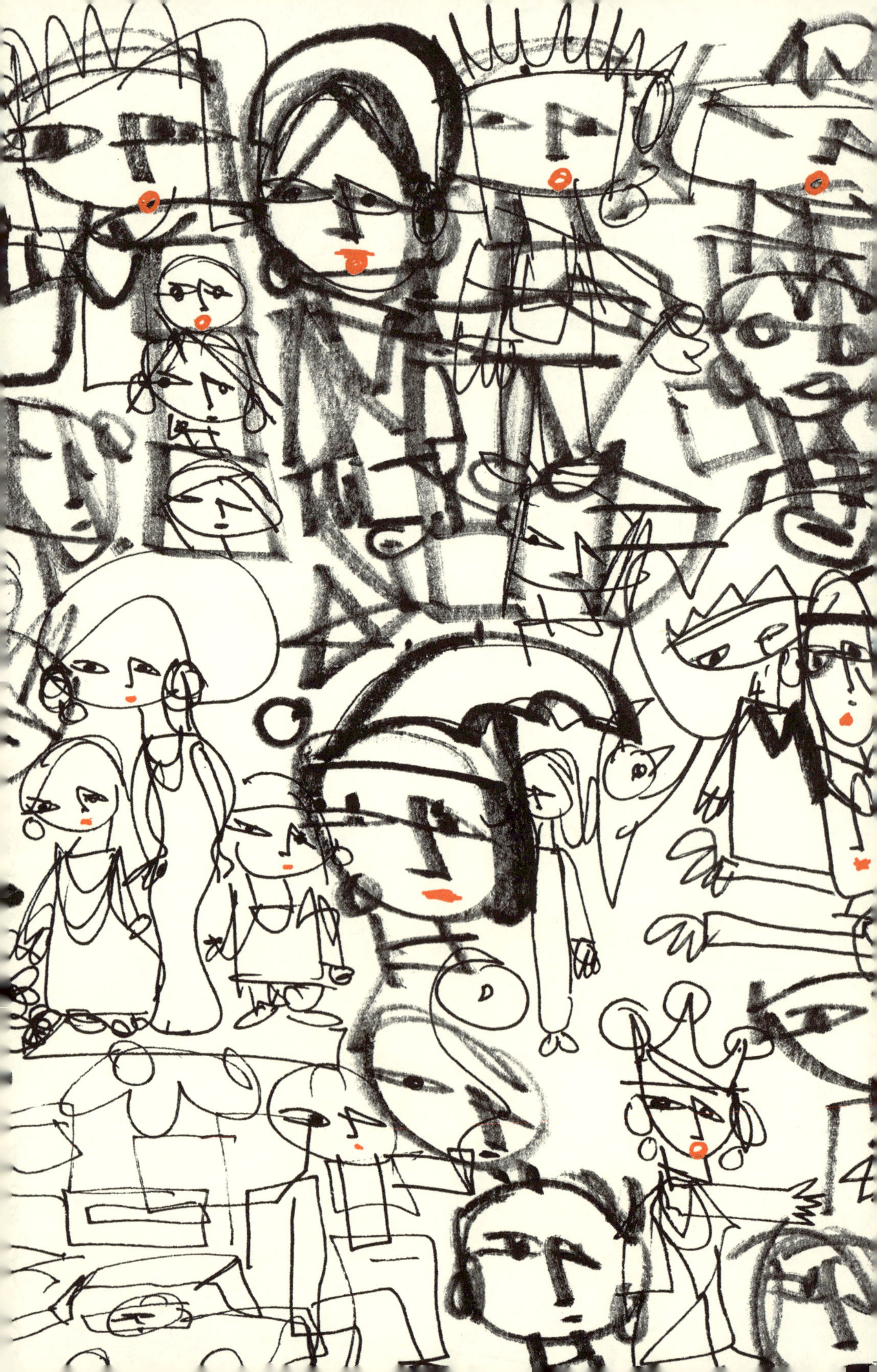

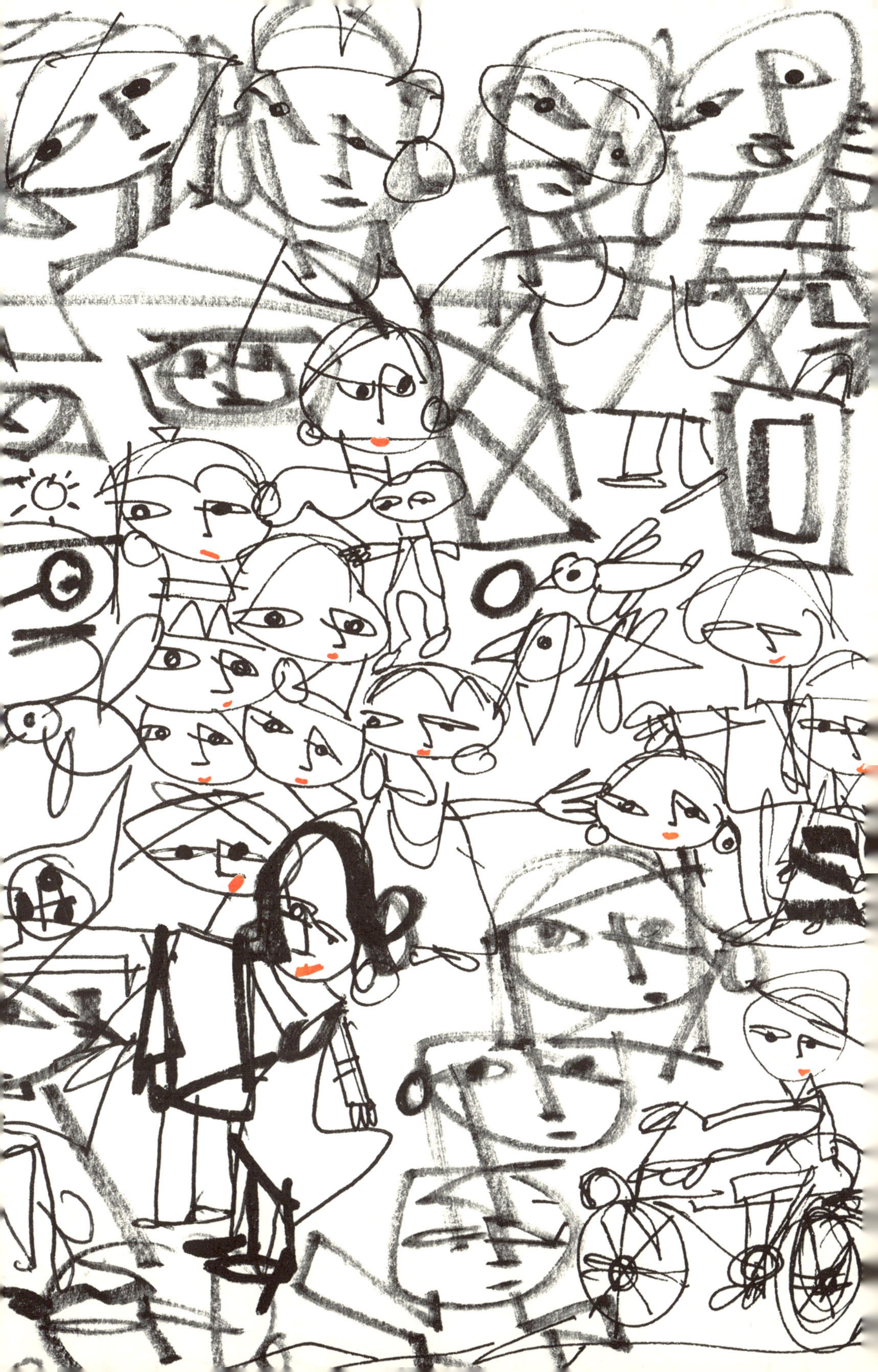

PASSEIO DIURNO

RUBEM FONSECA

EU NÃO TENHO PAI, SÓ TENHO MÃE. QUER DIZER, EU TINHA PAI, MAS ELE LARGOU A MINHA MÃE QUANDO EU TINHA SEIS ANOS E FOI ELA QUEM ME CRIOU. ISSO NÃO É NADA DE MAIS, NA ESCOLA PÚBLICA PRIMÁRIA ONDE ESTUDEI A MAIOR PARTE DAS CRIANÇAS ERA CRIADA PELAS MÃES, OS PAIS TAMBÉM TINHAM SUMIDO.

Um dia eu achei um retrato do meu pai na gaveta da minha mãe. As mulheres são incríveis, ele batia nela, corneava ela, largou ela com filho pequeno e a minha mãe guardava o retrato dele. Peguei o retrato, rasguei em mil pedacinhos, joguei na privada, mijei em cima e dei a descarga. Nem me lembro como era a cara dele, nem no retrato nem antes.

Quando terminei o curso primário arranjei um emprego, para ajudar a minha mãe. Eu de bicicleta fazia a entrega de produtos de beleza de uma firma que não tinha loja, só anunciava pela internet. O nome era slim beauty, acho que é assim que se escreve, é inglês, creio que significa beleza e magreza. Mas quando eu tocava a campainha das casas para entregar os pacotes as mulheres que abriam a porta estavam cada vez mais gordas.

Meu patrão era um sujeito legal, mais magro do que eu, careca, nariz torto, me levou com ele para escolher a bicicleta que eu ia usar. Escolhi uma com pneu bem grosso, uma bicicleta pesada, eu gostava de fazer exercício. O nome do meu patrão era seu Zeca e ele me deixava levar a bicicleta para casa.

Andando de bicicleta pela cidade a gente tem uma boa ideia do mundo. As pessoas são infelizes, as ruas são esburacadas e fedem, todo mundo anda apressado, os ônibus estão sempre cheios de gente feia e triste. Mas o pior não é isso. O pior são as pessoas más, aquelas que batem em crianças, que batem em mulheres, urinam nos cantos das ruas. Andando na minha bicicleta eu vejo tudo isso e chego em casa preocupado, e minha mãe pergunta o que aconteceu, você está triste e eu respondo não é nada, não é nada. Mas é tudo, é eu não poder ajudar ninguém, hoje mesmo vi uma velhinha ser assaltada por dois moleques e não fiz nada, fiquei olhando de longe, como se aquilo não fosse assunto meu. Será que eu vou ser igual ao meu pai, um covarde filho da puta que não teve coragem de enfrentar a trabalheira de criar uma família e fugiu? É isso? Vou ser um cagão igual a ele?

Nessa noite não dormi. No dia seguinte, depois de fazer a entrega da última encomenda para uma senhora gorda – essas gordas sempre dão gorjeta –, estava voltando para casa quando vi um homem barbudo batendo num garotinho. Ele dava tapas na cara com tanta força que o barulho me chamou a atenção. Eu acho tapa na cara, ainda mais com aquela força, pior do que soco, porque é uma coisa, além de dolorosa, humilhante, um garotinho que cresce levando tapa na cara quando crescer vai ser um pobre-diabo. Dei a volta, pedalei a minha bicicleta com força e controlando a direção com mão firme no guidão atropelei o filho da puta, bem entre as pernas, e ele caiu no chão gemendo, e eu dei a volta e passei por cima da cara dele.

Como consegui tudo isso? Faço misérias em cima de uma bicicleta. Ando em cima dela o dia inteiro, sou capaz de descer escada e até mesmo subir alguns degraus. O pneu grosso dela me ajudou outro dia a arrebentar uma cerca de madeira. Por isso arrebentar os cornos do canalha que esbofeteava o menino não foi tão difícil.

Outro dia, depois de ter feito outra entrega, a sorte sorriu para mim, como diz a minha mãe que vê muita novela na televisão, e esse papo só pode ser de novela, a sorte sorriu para mim. Encontrei os dois moleques que haviam assaltado uma velhinha seguindo outra na rua. Pedalando com força passei rente a um deles e dei-lhe um soco na nuca. O puto caiu estatelado no chão. Depois de uma freada, voltei e arremeti em cima do outro dando uma pancada violenta na barriga dele com o guidão. Fiz tudo isso me equilibrando em cima das duas rodas como um desses caras que trabalham no circo. Para falar a verdade meu desejo secreto, todo mundo tem um desejo secreto, meu desejo secreto é trabalhar num circo dando voltas de bicicleta dentro do Globo da Morte. Sim, eu sei que isso é feito com uma motocicleta, mas eu acho que posso fazer o mesmo na minha bicicleta. A velhinha nem viu que eu a salvei daqueles dois sacripantas – quem fala assim também é a minha mãe, aprendeu isso quando trabalhou na casa de uma senhora portuguesa e minha mãe me explicou que sacripanta é uma pessoa capaz das mais abjetas ações e de todas as indignidades e violências. A velhinha continuou andando pela rua com o seu passinho miúdo, segurando a bolsa com as duas mãos.

Não sei o que deu em mim. Uma crise de megalomania? Como disse o meu patrão ao afirmar que vai ser o maior fabricante de produtos de beleza do Brasil e eu perguntei se ia demorar para isso acontecer e ele respondeu, esquece, meu filho, não acredite nisso, é uma crise de megalomania, e quando perguntei o que era megalomania, ele disse que era mania de grandeza, coisa de maluco.

Eu estou ficando maluco? Todo dia fico procurando em cima da minha bicicleta alguma pessoa má para punir. Os maus devem ser punidos, e não digo isso como um coroinha falando na igreja, mesmo porque eu nunca vou à igreja, nem digo isso como se fosse um tira, nem digo isso porque o meu pai abandonou a família quando eu tinha seis anos, nem digo isso porque a minha mãe está desdentada e eu vou pelo mesmo caminho, eu digo isso porque odeio gente má. E eu sei quando a pessoa é má só de olhar para a cara dela.

Hoje à noitinha eu passei por um homem na rua carregando uma saca e pelo perfil notei que ele era mau. Dei a volta para ver a cara dele de frente. Sim, ele era mau, muito mau. Adiantei a minha bicicleta, e retornei e fiquei de frente para ele, parado em cima da minha bicicleta. Ficamos olhando um para o outro, ele um tanto ou quanto surpreso, com aquele menino olhando fixamente para ele. Então comecei a pedalar furiosamente dirigindo minha bicicleta para cima dele, o cara meteu a mão na saca tirou um revólver mas nesse momento eu acertei os colhões dele com os pneus e em seguida atingi a barriga dele com o guidão. Ele caiu desmaiado. Saltei da bicicleta e peguei o revólver que estava no chão. Dei dois tiros para o alto. Eu não tenho telefone celular e achei que aquela era uma boa maneira de chamar a polícia. Pouco depois chegou um carro da polícia e um carro de reportagem de um jornal. Expliquei que o sujeito estava andando com um revólver na mão e que eu decidira fazer alguma coisa pois ele certamente era um bandido. Claro que eu disse uma pequena mentira, essa do revólver na mão, mas eu não podia dizer que sabia pela cara quais as pessoas que eram más.

O sujeito era um bandido procurado pela polícia e o jornal publicou uma foto minha, montado na minha bicicleta e embaixo escrito "o jovem herói".

Não estou interessado em ser jovem herói. Estou interessado em punir as pessoas más e isso eu pretendo continuar fazendo. A menos que seja convidado para fazer no circo o Globo da Morte na minha bicicleta.

HISTÓRIA LACRIMO-GÊNICA DE JAMILE

NATÉRCIA PONTES

PARTE 1

SEM TIRAR O CAPACETE, ELA COMEÇOU A CATAR A ENXURRADA DE PAPEL QUE REVOAVA COMO POMBOS ASSUSTADOS NO MEIO DA MARGINAL. O RABO DE CAVALO LOIRO RELUZIA NO ASFALTO ESCALDANTE, NO FLUXO DOS CARROS QUE FREAVAM E BUZINAVAM COM FÚRIA, DESVIANDO DAQUELE TICO DE GENTE.

Quando percebeu que os documentos escaparam do malote (amarrado na garupa às pressas), ela parou a moto no acostamento, ergueu a cabeça pesada pelo capacete vermelho e foi à luta. Catou as cinquenta folhas de sulfite, uma por uma, agachando-se e escapulindo habilmente dos carros, dando uma ajeitadinha nos papéis que ficaram amassados ou carimbados com marcas de pneu; um verdadeiro milagre.

A essa altura Jamile estava farta de milagres, ou nem pensava neles. A mãe morrera dando-lhe à luz, deitada numa poça de sangue que espraiava no chão cru de uma casinha simples e sem esgoto, isolada no sertão. O pai era um bronco, cheirando a gasolina, arranhando a garganta e escarrando gomos de catarro verde, expelidos a torto e a direito, como mísseis desgovernados, sem um alvo aparente. Passados uns poucos anos, ele decidiu que queria morrer e morreu.

Jamile ficou sozinha, e ainda assim continuou a pentear com dedicação seu cabelo esponjoso, arranjando-o numa trança delicada que desabrochava no alto da cabeça. Foi criada pela vizinha, uma senhora roliça e sempre porejando suor pelo nariz. A senhora roliça logo arrumou muitas funções para a filha adotiva: arear as panelas (até virar espelho!), bater as roupas nas pedras do açude seco (se voltarem com mancha de barro, tu apanha!), varrer a casa e o quintal duas vezes ao dia (essa poeira é uma diaba!), catar os numerosos cocôs do coelho Josualdo (Josualdo vigarista!), limpar as gaiolas dos passarinhos e alimentá-los com pedaços de frutas passadas e restos de comida (corja imunda!), matar galinhas a sangue-frio e fazer o almoço, o jantar e a merenda (a vida não tá fácil, moleca!), manter a ordem das coisas (minha casa não é cabaré!), ir e voltar da bodega (não invente de comprar bombom, safada!), engomar as roupas (não esqueça as toalhas de mesa, pilantra!) e, acima de tudo, não perturbar o juízo "da sua mãe" (ela nunca se dirigia à Jamile como "minha filha", mas sempre se referia a si como "sua mãe").

Jamile livrou-se da mãe postiça assim que pôde. Aos onze fugiu no meio da madrugada com a roupa do corpo e um pano velho dobrado dentro da calcinha; tinha menstruado pela primeira vez no dia anterior.

Jamile foi pra São Paulo de carona. Pegou um pau de arara, dois caminhões-cegonha e uma van aos pedaços. Da janela viu o Brasil mudar de paisagem; do ocre ao verde vivo. Adivinhou maravilhada que agora estava dentro de um cenário de sonhos, o mesmo cenário estampado nos calendários da bodega, onde comprava o que devia ser comprado, se esquivando a todo custo dos bombons. Viu bananeiras farfalhudas, bromélias em flor, cipós úmidos ziguezagueando na mata densa. Tudo ali do outro lado do para-brisa manchado de insetos mortos, esmagados contra o vidro. Sentiu o ar molhado e fresco nas bochechas; sentiu fome também. O estômago roncou.

Sete horas consecutivas de estrada e o motorista da van não tinha dado um pio. Mal-encarado feito um corvo, seguia trocando as marchas no automático, rabugento e sugando o ar entre os dentes, como se aspirasse uns nacos de carne grudados nas gengivas.

"O senhor não almoça?"

"Pisssssss, pisssss, não."

"O senhor tá com pressa?"

"Pisssss... sim, pisss."

Chegaram em São Paulo às oito da manhã. Jamile cochilava com o pescoço esticado, a cabeça pendendo e quicando na porta lateral do banco do carona. Ela não ouviu o zumbido da cidade enorme, ela não testemunhou o desenho irregular dos arranha-céus assomando no horizonte e ganhando corpo conforme a van desconjuntada se aproximava da cidade. Acordou com o homem chacoalhando seu ombrinho magro, a pele da mão borrachuda:

"Chegamos, menina."

"Anh... onde? Já?"

"Pisssss."

Desceu da van com as pernas bambas. Estava exausta, minguada de fome. Mas tinha que reunir forças, pôr seu plano em prática. O tecido dobrado dentro da calcinha estava rijo com o sangue seco, fazendo com que Jamile andasse de um jeito engraçado, como se estivesse montada no lombo de um jumento. Tomou coragem e perguntou ao motorista carrancudo:

"Seu moço sabe de alguma família que precise de uma moça? Faço todo tipo de serviço, lavo, cozinh..."

Mas ele já tinha virado a cara, e agora discutia com gestos bruscos e assertivos, bravateando no orelhão. Jamile se viu sem ninguém numa praça enorme, repleta de árvores jovenzinhas e mendigos encolhidos sob montanhas de tecido sujo, como se fossem pedras. Do outro lado da praça, avistou uma igreja. Resolveu ir até lá procurar ajuda.

Ao atravessar o batente, Jamile sentiu a mudança de temperatura brusca. Lá fora o mormaço já condenava a manhã da cidade ruidosa e refém do sol vulcânico de verão. Lá dentro o clima era agradável e seguro, emulando a quietude do céu, morada de todos aqueles anjos gorduchos.

Havia algumas pessoas distribuídas esparsamente ao longo dos bancos compridos. Elas ajoelhavam com os olhos fechados e as palmas das mãos unidas diante da boca. Elas murmuravam palavras inaudíveis, sonhos, súplicas. Jamile resolveu imitá-las e, embora aquela fosse a primeira vez que entrava numa igreja, ajoelhou e rezou como se já tivesse ajoelhado e rezado inúmeras vezes.

A oração de Jamile também lhe era indecifrável. Iniciou uma conversa íntima, em língua nenhuma, com um interlocutor muito maior do que ela, mais forte do que o choque que uma vez levara na tomada aberta quando lavava as paredes da antiga casa, mais espantoso que a nuvem imensa carregada de chuva, e que cobrira de sombra o antigo quintal. Ficou um tempo assim, como se suspensa num varal de corda.

Sentiu então o movimento dos rostos se voltando para o pórtico, de onde também brotava uma luz ofuscante, que machucava os olhos minúsculos de Jamile. Os homens e mulheres se puseram de pé, enquanto o padre caminhava pelo centro da igreja, trazendo à sua frente um grupo de outros homens e meninos sérios sob batinas impecáveis. Um pajem se destacava na ponta do triângulo de homens santos, agitando lentamente uma caixa metalizada, que movia-se como um pêndulo e cuspia uma fumaça escura, cheirando a carvão. O padre passou por Jamile fechando a procissão e contemplando o corpo de Jesus contorcido e afixado na gigantesca cruz, sobre o altar.

Acomodou-se, e seu séquito fez o mesmo. Alguns deles desapareceram em portas escondidas, pelos cantos. Um coroinha vestiu o padre com uma faixa vermelha urdida de brocados dourados e arranjou itens de prata sobre a toalha branca. O padre avançou em direção ao presbitério, curvou-se com dificuldade e beijou o altar. Jamile só se dera conta de que uma música vaporosa enchia as paredes altas da igreja quando a melodia cessou para que o sacerdote saudasse os presentes, erguendo os braços e espalmando as mãos:

"Em nome do Pai, do Filho e do Espírito Santo."

"Amém."

"Amém."

Ela repetiu, atropeladamente.

Jamile seguiu acompanhando a missa. Devorava as palavras difíceis e sagradas, capturando-as no ar e repetindo as sílabas baixinho: *Vosso. Degredado. Sepultado. Desterro. Remissão. Pôncio Pilatos. Santa Igreja Católica. Perdoai. Rogai. Volvei. Livrai. Amém.* Às vezes compreendia frases inteiras, mesmo que o jeito de dizê-las fosse inédito aos seus ouvidos: *o pão nosso de cada dia.* E repetia, antecipando a sequência monocórdia de palavras, *amém, amém.*

De repente, todos se dispuseram numa fila, em meio aos bancos compridos. O padre levantou os braços exibindo os dedos das mãos unidas e sustendo cerimoniosamente um objeto redondo, de cor leitosa. O coroinha encheu o cálice com vinho.

Jamile sentiu-se impelida a participar daquela cena e entrou na fila, sem saber onde ia dar. Seguiu assim, com os olhos cravados nas costas suarentas de um senhor magro, postado à sua frente. A fila andava num ritmo compassado, e da extremidade que desaguava no altar da igreja as pessoas voltavam de cabeça baixa, humildes.

Chegou a sua vez, o padre inclinou a cabeça com candura; a mão solene segurando a hóstia embebida no vinho. Jamile sentiu os olhos do sacerdote cobrindo seu pequeno corpo de bênçãos. Intuindo um gesto de retribuição, ela abriu a boca, expandindo a mandíbula o quanto pôde para que pudesse receber de bom grado o alimento das mãos daquele homem santo. Havia dias, muitos e intermináveis dias, que não sentia algo sólido sobre a língua. Já tinha se acostumado ao gosto ferroso da água de torneira colhida com as conchas das mãos nas pias das bodegas e postos ermos espalhados pela estrada que saía estreita e irregular do vilarejo (onde nascera e onde jamais fora apresentada à fervente palavra de Deus) e seguia expandindo-se pouco a pouco, pespontando um mundo inteiro, um mosaico de imagens reais e indiferentes, com suas cores de barro e plantas alienígenas, até que finalmente essa mesma estrada a expelisse ali, dentro da igreja, num volumoso jato de cuspe.

PARTE 2

MULHER DE SAL

Quando Jamile saiu da igreja, já era outra. E chovia. Abriu o guarda-chuva com cautela, cuidando para não quebrar as unhas pintadas de carmim. Avistou o motorista que fumava um cigarro e conversava com o vendedor de mandiopás da praça, debaixo de uma marquise. Ela levantou discretamente a mão direita na altura da testa e acenou para o chofer que, ao perceber a figura cerimoniosa da patroa vestida de branco, empertigada no alto na escadaria que ia dar na catedral, deu um pinote, jogando a guimba pela sarjeta e tratando de correr em direção ao luxuoso carro estacionado do outro lado da rua, enquanto apalpava os bolsos à procura da chave.

"Desculpa, senhora. Não sei se a senhora esperou muito, eu estava distraíd..."

"Já falei que não gosto de cheiro de cigarro."

"Desculpa, senh..."

"Já falei que não gosto de desculpas."

O homem engoliu seco. Depois de ouvir o travamento automático das portas ecoar dentro do imponente veículo como um tiro de escopeta, engatou a primeira marcha e seguiu o percurso habitual.

No banco de trás, Jamile encostou a cabeça junto ao vidro escuro. A paisagem visível deixou de existir. Dentro do carro de Jamile, era impossível saber se lá fora era praia ou campo, inverno ou verão, dia ou noite. Uma lágrima desceu-lhe pela maçã, vencendo as trepidações e indo desaguar no canto contraído da boca. Ela estava decidida.

"Ele espera no lugar de sempre."

"Sim, senhora."

O motorista estacionou com leveza, como se pousasse uma nave na lua. Destravou a porta traseira e esperou o homem vestido com uma japona preta entrar. A chuva tinha dado uma trégua.

"Boa tarde, senhor Olímpico."

"Boa tarde, rapaz."

O homem cheirava a sândalo. Acomodou-se no banco de couro e em seguida olhou com ternura para Jamile. Ela não tirava os olhos das unhas. Os dedos esticados, as narinas tensas, os olhos escrutinando o vazio.

"Podemos ir."

O motorista deu a volta no fim da rua e seguiu em direção a uma via de acesso que ia dar numa rotatória.

Ao chegar na rotunda larga, começou a dar voltas por todo o perímetro da praça e seguiu dando voltas e mais voltas ininterruptamente.

"Não quero mais."

"Mas... Jamile."

O homem sentado ao seu lado balbuciava pouco surpreso, como se já esperasse aquele desfecho.

"Está decidido."

"E o que vou fazer?"

"Não sei."

"E os nossos planos?"

"Não são mais nossos planos."

O homem encarou o perfil heráldico e indiferente de Jamile. Passeou com os olhos febris por sua pele rosada, acompanhando o desenho anguloso que o rosto dela imprimia no vidro escuro. Sentiu-se arrebatado de paixão e, como se buscando ar sob uma difícil tormenta, desceu o vidro da sua janela, espichou a cabeça para fora e sentiu o vento chicotear seu rosto sob o céu encoberto.

Quando voltou a cabeça para dentro do carro, viu que Jamile estava esfarelando, virando pó. Seus sofisticados sapatos estavam agora desintegrados, e o resto do seu corpo esguio acumulou-se num montinho de pó cinza. Tornozelos, canelas, coxas, ancas, cintura, torso, seios, ombros, braços, mãos, unhas. Ela foi perdendo o contorno e o miolo, e quando levou as mãos à boca para poder gritar de espanto, Jamile se deu conta de que não tinha mais voz. Antes de desaparecer por completo, ela olhou para o homem de japona preta, contraindo a testa e semicerrando os olhos, como se dissesse adeus.

URSO DE CIRCO

O homem de japona preta não abriu o bico. Enquanto o motorista seguia girando o volante e dando voltas periódicas em torno da rotunda, o homem assentiu, acatando o destino de Jamile e recolhendo todo o pó espalhado no banco de couro. Esticou as costas, dando apalpadelas no montinho que se formara no chão.

Cansado pelo esforço de contorcer-se ao juntar o pó dentro do carro em movimento, o homem de japona preta se recompôs e exalou uma baforada de ar morno, que lhe escapou pela boca. O jato de ar foi forte o suficiente para que uma nuvem densa se formasse diante dele e atrás da nuca do motorista (que seguia indiferente dando voltas pela pequena praça circular). Depois que a nuvem se dissipou, o homem de japona preta sentiu-se aliviado ao perceber que alguma quantidade de pó havia restado em suas mãos. Mas uma parte das cinzas grudara em seu rosto úmido de suor e outra parte fora inadvertidamente aspirada; tratou de cuspir com repugnância, sentindo a língua ficar salgada e regurgitando a saliva grossa.

Tirou um lenço do bolso o mais rápido que pôde e guardou nele todo o pó de Jamile que conseguira reunir. Pediu ao motorista que parasse o carro. O motorista obedeceu freando de súbito, aos solavancos. Pediu ao motorista que destravasse as portas. O motorista obedeceu sem mover um músculo da nuca. O homem de japona preta desceu do veículo e saiu desembestado pela rua molhada de chuva, levantando as mãos e agitando-as no ar para que os outros carros o vissem, e então baixando-as e tateando o bolso, certificando-se de que o corpo de Jamile estava, pelo menos em parte, a salvo.

Chegou em casa com os ombros baixos. Não só perdera Jamile mas, antes disso, tinha sido rejeitado por ela. Uma onda de raiva esquentou-lhe a face, fazendo o homem de japona preta agir impensadamente, com o fígado; levantou o rosto embotado, inclinando o queixo para a frente, rangendo os dentes e tremelicando os lábios. Correu em direção ao banheiro, decidido. Sacou o lenço da japona e derrubou todo o conteúdo guardado nele na privada; enquanto hiperventilava de fúria, sentiu-se dormente, a vista ficando turva, e antes de desmaiar viu a água do vaso virar espuma. Quando acordou do desmaio, já era um urso encerrado numa jaula, suas patas pregueadas de crostas, seu lombo ardendo de chicotadas recentes.

Um garotinho franzino aproximou-se dele, deixando no compartimento da jaula uma bacia de peixes ainda vivos, agitados sobre pequena poça de água que se formava no fundo do recipiente. O urso continuou deitado, entorpecido pelo tédio, os olhos sujos de secreção. As patas dianteiras esticadas, estiradas de lado. As patas traseiras recolhidas, aconchegadas na barriga protuberante. O garotinho não esperou que o animal se levantasse em busca do alimento fresco, salivando para sorver os peixes, rasgando com suas presas amarelas a carne ainda quente. O garotinho virou as costas com indiferença e sumiu do campo de visão.

No outro dia, o urso continuava deitado no mesmo canto da jaula. O garotinho só soube que ele não estava morto porque o bicho sacudia a cabeça de quando em quando, vibrando as orelhas para espantar as moscas. Elas se acumularam dentro da jaula em nuvens espessas, provocando um zumbido hipnótico, que fazia eco. A bacia de peixes ainda estava intocada.

O garotinho então recolheu a bacia torcendo o nariz, enojado com o monte de peixes podres, cobertos de moscas. Segurava o recipiente com uma das mãos e abanava os insetos com a outra, até sumir mais uma vez do campo de visão. Em pouco tempo ele voltou com uma nova bacia, recheada de peixes vivos que sacolejavam-se freneticamente, salpicando gotas salgadas em seu rostinho afogueado. Abriu então o compartimento da jaula, onde meteu a refeição, seguindo o protocolo de segurança um pouco irritado. Fechou o compartimento imprimindo mais força do que o necessário, e depois, sem aguardar a reação do urso, retirou-se dali, golpeando o ar. O urso esperou que ele saísse dali, então virou o corpo para o outro lado da jaula, apático.

Quando o garotinho voltou para checar o urso e deparou novamente com a bacia carregada de peixes podres, percebeu que o animal havia se movido de lugar; agora ele estava mais próximo do compartimento de comida, indiferente às moscas desvairadas. Ele então encarou o bicho, que firmava o olhar embora não o encarasse de volta; parecia mirar um ponto distante, atravessando o garoto.

Um vento indecifrável irrompeu entre os dois. O tempo parecia ter congelado, as bordas da cena derretiam nos cantos, como pingos de vela. Até que o garotinho recuou, piscando os olhos e chacoalhando a cabeça como se estivesse convencendo a si mesmo de que estava *vendo coisas*. "É só um urso moribundo, preso numa jaula de circo", concluiu, organizando os pensamentos. "Os ursos são estúpidos e deprimentes, ainda mais este que é velho e sujo e que daqui a pouco vai começar a dar prejuízo para todos nós. Melhor que papai o mate com um tiro de escopeta no meio da fuça. Vai ser divertido ver seus miolos explodirem e depois caírem estropiados e sanguinolentos pelo chão", disse o garotinho em voz alta, abrindo distraído o compartimento da jaula e conversando com seus botões.

Mal teve tempo de tocar na bacia coalhada de moscas. O urso abocanhara seu bracinho magro, esgueirando-se com as unhas negras e afiadas por entre os ferros grossos da jaula. O garoto gritou aterrorizado, arquejando violentamente, sem emitir um som. Sentiu o ferrão da dor física tomar a extremidade do braço e percorrer o corpinho franzino, enrijecendo os músculos, dilacerando os ossos e repicando os nervos.

Depois do golpe e da primeira rajada de dor, o garotinho percebeu que o urso ainda detinha seu braço, já em parte esmigalhado na boca do urso ou misturando-se aos peixes podres. O garotinho recuperou o que lhe sobrara de força, inclinando o corpo para trás, puxando o braço pelo ombro, com a ajuda do outro braço e fazendo um contrapeso. Ouviu um estalo úmido quando finalmente conseguiu soltar-se da boca sedenta do urso (não pelo esforço sobre-humano que fizera, mas porque o urso cedera, desinteressado). Quando quicou no chão, o garotinho não só tinha perdido muito sangue, como também a expressão do rosto, a forma e o volume do corpo. Ele não se dera conta de que tinha se convertido em um capacete.

PARTE 3

CAPACETE DE PLÁSTICO

Jamile arregalou os olhos incrédula. De onde vinha aquela água toda? Como era possível que o capacete estivesse empapado de água, se ela o havia deixado sequinho da silva sobre o criado-mudo, como fazia todo santo dia quando voltava pra casa? "É danação da cretina da Glória", resmungou alto o suficiente para que a sua gatinha Glória, dormitando na cama, erguesse as orelhas, captando o recado, para depois fingir que não era com ela.

Mas Jamile estava atrasada. Ela precisava ir pegar um malote na zona leste e depois entregá-lo no outro lado da cidade. Aos trancos, apanhou a toalha de rosto estendida no banheiro e secou o capacete o quanto pôde. Ralhou com Glória ao perceber que o forro também estava úmido. A gata retribuiu a descompostura com uma piscadela insolente. Sem escolha, Jamile vestiu o capacete vermelho, ainda que estivesse dentro de casa.

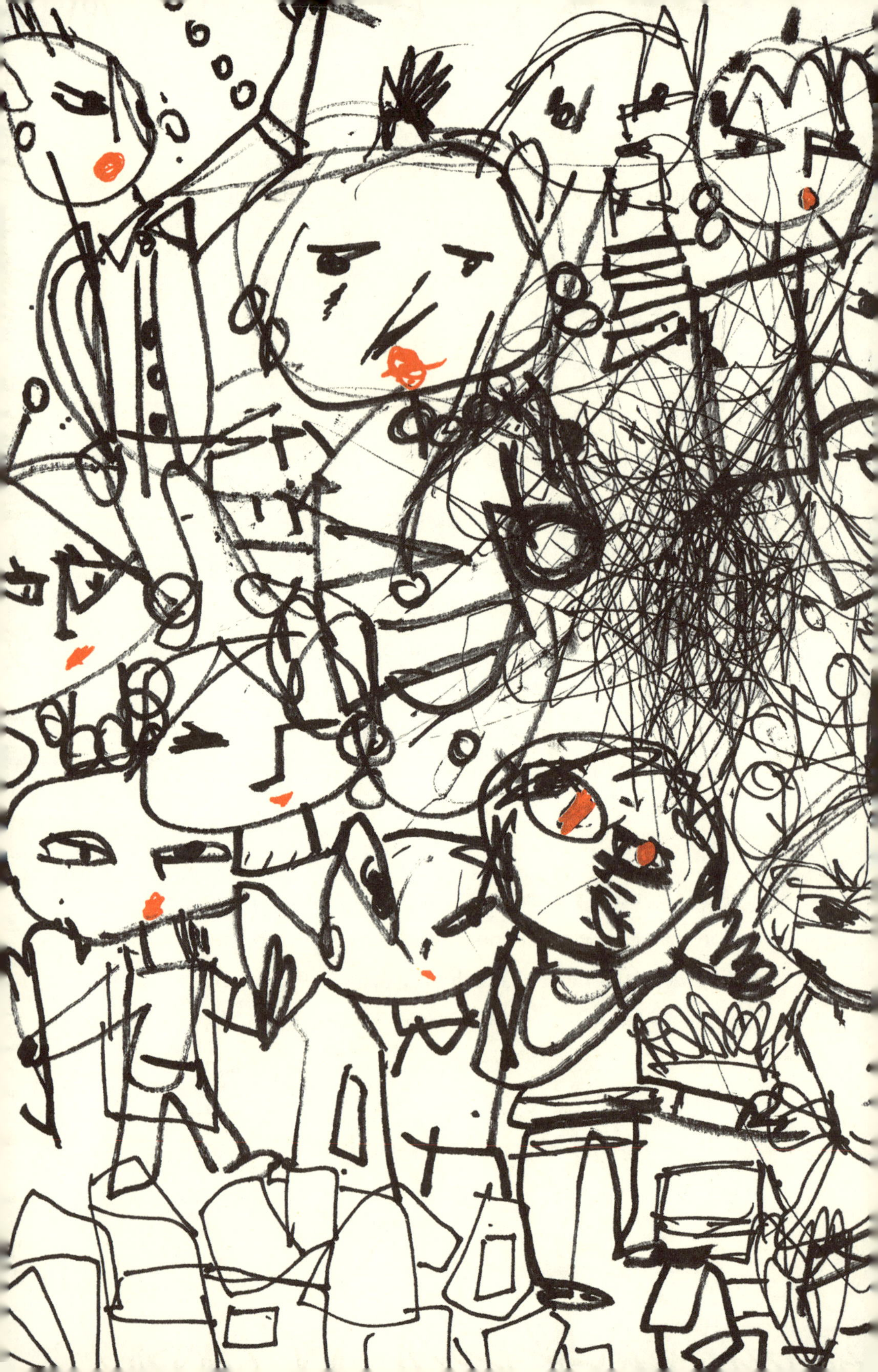

12/11/2

SEU

AMOR

DE VOLTA

EM TRÊS

DIAS

LETICIA WIERZCHOWSKI

LÉO ACORDOU COM UMA GRITARIA NA RUA. VIROU DE LADO, TENTANDO DORMIR DE NOVO. NÃO TINHA NADA PRA FAZER, ESTAVA DESEMPREGADO HAVIA DOIS MESES. ERA SEXTA-FEIRA E CHOVIA. ELE PODIA OUVIR O BARULHO DA CHUVA NO TELHADO, CAINDO NO ZINCO DAS CASINHAS LÁ EMBAIXO, CORRENDO PRO MAR, MISTURADA ÀS ONDAS VERDES, À ESPUMA BRANCA. A MESMA CHUVA QUE CAÍA ALI TAMBÉM MOLHAVA O SHERATON, LÁ NA NIEMEYER, ATRAPALHANDO A SEXTA-FEIRA DOS RICAÇOS QUE VINHAM CURTIR A CIDADE MARAVILHOSA.

Recordando o Sheraton, Léo perdeu o sono. Seu último emprego, o Sheraton. Passava os dias lá, de costas pra favela, de frente pro mar. Limpava as piscinas – uniforme branco, sorriso congelado no rosto – e via as gringas de biquíni, torrando no sol carioca. Até que uma delas se engraçou com ele. Da piscina até o 26º andar, foram três sorrisos. E, dali, pro olho da rua.

Sexta-feira, e a Dalila vinha trazer a Catarina. Pra ficar seis meses com ele, porque a Dalila tinha arranjado um trabalho de babá com uma família em Boston. Olhou pro quarto: mal cabia a cama e um armário. A sala era também cozinha, e a geladeira estava vazia. Como é que a Quica caberia ali? Ele adorava a Quica, mas ela não cabia ali.

Tinha sido pai aos dezesseis anos. Não fora um grande problema, porque a Dalila era uma menina responsável e trabalhadeira, e cuidava da Quica. Via a filha aos sábados e domingos, pegavam uma praia juntos no posto 2 do Leblon. Mas agora a Dalila ia pros States ganhar em dólar, e a Quica seria responsabilidade dele por seis meses. Nem tinha contado pra Dalila que não trabalhava mais no Sheraton, mentiu que faria meio turno durante aquele tempo, que o chefe dele era um cara legal – aquele escroto! – e que estaria livre pra buscar a filha na escola às 16 horas.

Ouviu a voz da Dalila mais uma vez:

– Agora quem vai cuidar da Catarina é você, Léo. Eu não posso levar a menina pro exterior.

A Dalila chegaria com ela no começo da tarde. Não tinha sido uma boa semana: cuidara dos carros lá no Baixo Leblon pra um amigo, ganhara uns trocos, vendera uns troços no semáforo na saída do Zuzu Angel, mas fazia calor demais ali, e escapara por um triz de ser atropelado por motoboys umas cinco vezes em seis dias. Com a Quica, precisaria de alguma coisa mais estável.

Levantou-se da cama com esta ideia fixa. Não era chegado em falcatruas, mas não dava sorte em emprego. A gringa no Sheraton era bonita, curtia um mulato, que culpa ele tinha? Podia fazer uma larga lista das injustiças desta vida, e vivia no terreiro de umbanda da Siá Lia, pedindo pra limpar as más energias, porque se achava um azarado.

Estava escovando os dentes quando o celular tocou. Ele queria um bico numa festa de bacanas? Manobrista numa mansão lá de São Conrado? Queria sim.

Vestiu-se e saiu pro mercado, comprar alguma coisa pra esperar a Quica, uns chocolates. Antes de sair, bateu no apartamento da vizinha, a Lucia, e pediu a ela que cuidasse da sua filha naquela noite.

– É uma trampa aí. Volto pelas cinco da manhã.

Lucia segurava um bebê no colo e, rindo, disse:

– Vai ficar seis meses com a Quica? Meu Deus. Eu cuido da menina, pode deixar, ela é boazinha.

– Mas, papai, você volta logo?

A garota, de cinco anos, olhava-o, acabrunhada, enfiada numa camisola azul, os cabelos crespos presos com uma fita. Seu coração amolecia com a criança: era parecida com ele, todo mundo dizia.

– Vou trabalhar, e você fica com a tia Lucia e com o Dedé. Amanhã vamos à praia, depois comemos sorvete.

Estavam no corredor, em frente à porta da vizinha. Lucia puxou a menina pra dentro com jeitinho.

– Papai, só mais uma coisa... – pediu Catarina. – A mamãe volta logo?

Ele respirou fundo e disse:

– Vai passar rápido, Quica. – Soprou um beijo apressado, já estava em cima da hora. Não podia perder aquele bico, quatrocentas pratas não era assim tão fácil de conseguir.

Na mansão, colocou o terno que lhe entregaram, aceitou um sanduíche e um refrigerante, e foi junto com

Deco, o seu parceiro, para a entrada, onde receberiam os convidados. Sua tarefa era abrir a porta para as damas, anotar a placa do carro e o nome do dono, e encaminhar os visitantes para a alameda que levava ao belo jardim.

– O cara que fez este jardim é o Burle Marx – disse Deco. – Um paisagista famoso. O dono da casa é um cara da Globo, um dos chefões.

– Então vai ter artista de montão? – perguntou Léo.

– Claro – respondeu o outro. – Mas não pode tirar foto.

Os carrões começaram a chegar. Land Rovers, Mercedes, Toyotas, Minis. Léo todo empertigado, suando sob o terno, mostrava o seu melhor sorriso. Reconheceu a mocinha da novela das seis, o galã já meio passado que a mãe adorava, a moça do telejornal. Todo mundo parecia bonito. Não tem feiura pra quem tem grana, pensou Léo, recordando a mãe, Dalva, uma mulata de olhos verdes que se tinha gastado aos quarenta anos, e vivia lá pros lados de Vassouras, trabalhando de cozinheira numa fazenda já meio decadente de uma das antigas famílias de café da região. Ali, as mulheres eram todas lindas, loiras, magras. Ninguém parecia ter uma idade definida, apenas dentes brancos e a pele lisa.

Depois de duas horas de movimento, a coisa acalmou. Léo encostou-se num pilar e acendeu um cigarro.

– Poxa, cara. Quatrocentos pacotes é uma boa grana, mas vou sair daqui deprimido. Acho que a gente já manobrou uns cinco milhões só em carrão, hein?

– Eu falei que o cara é chefão da Globo. Só tem gringo, ator famoso e empresário aqui.

Neste momento, soou o aviso da guarita lá no portão: subia mais um carro. Léo apagou o cigarro e se empertigou, exatamente quando um Mercedes SLK parou em frente à alameda. Léo soltou um assovio, olhando o carro prateado luzindo na noite bonita, como uma pequena joia. O motorista era um senhor calvo e sorridente, que usava uma camisa de cetim amarela e vários colares no pescoço. Léo reconheceu a guia de Iansá balançando-se entre a prataria no cangote do homem, enquanto anotava o seu nome, Guiomar dos Santos, e lhe entregava o tíquete do carro.

– Uma boa noite pro senhor – disse.

– Pra você também, garoto – respondeu o homem, avançando pela alameda que ele parecia conhecer muito bem.

Quando Deco voltou, depois de estacionar o SLK, Léo perguntou:

— E aquele? Gringo não era. Usava uma guia de Iansã e falava com sotaque de paulista.

— Aquele lá é o Pai Tião. Não tem festa sem ele. O dono da casa consulta ele pra tudo, até pra escolher elenco de novela das oito.

— Pai Tião?

— É, Léo. Pai de santo, cara! Pai de santo de rico. É cheio da grana, todo mundo aqui chama ele. Ele faz trabalho pra atriz conseguir papel de vilã na novela, faz trabalho pra separar o marido da fulana ou da beltrana, faz trabalho pra beltrana cair e quebrar a cara no meio da rua... O Pai Tião se encheu de gaita fazendo trabalho pra toda essa gente da televisão...

Léo ficou interessado. Acendeu outro cigarro e perguntou:

— E ele cobra caro?

Deco riu:

— O que você acha? Viu o carro dele? Cobra tudo em euro.

Léo ficou pensando na guia no pescoço do velho... Ele também era filho de Iansã. Iansã com Xangô. Ele também queria ter uma grana preta, em euro, pra levar a Catarina pra Disneylândia, ele também queria ter um Mercedinho prateado pra voar pela Niemeyer e hospedar-se no Sheraton, e poder transar com tantas gringas brancas e peitudas quantas lhe desse na veneta.

– Pai de santo... – resmungou.

O amigo nem ouviu, estava no celular, trocando mensagens com a namorada.

Léo acordou às onze da manhã com a Quica pulando em cima dele.

– Pai, pai! Você disse que a gente ia na praia! Está um dia lindo, vamos pra praia...

Léo arrastou-se pra fora da cama, tomou uma ducha fria, enfiou uma bermuda, separou cinquenta reais da grana da noite anterior e tocou pro Leblon com a filha. Pulou onda, pegou jacaré, comprou biscoito e guaraná. Ficou exausto, e lá pelas tantas disse pra Quica:

– Vai brincar um pouquinho ali na beira que o pai te cuida daqui... Tô morto, fui dormir às sete da manhã.

A menina era boazinha e foi. Ele ficou ali, olhando umas moças tomarem sol, o céu azul sem uma nuvem. A imagem do pai de santo não saía da cabeça dele. Pai Tião. Deitado na areia, ficou matutando... E se virasse pai de santo? Ninguém tinha diploma disso. Lábia ele tinha, pensou. Anos vendendo tralha nos semáforos, anos cuidando de carros, dizendo os elogios certos pras mulheres, fingindo respeitar os homens. *E aí, chefia.*

Uma graninha aí, lady? Lábia ele tinha. Era até um cara intuitivo, sempre fora. Quando transou com a Dalila, até quis usar camisinha, não usaram e deu naquilo. Um mês depois, a Dalila apareceu com aquele papelzinho, o tal do exame. A mãe quase o matou. De furiosa, foi-se embora pra Vassouras. Mas mandava presentes pra Quica no Natal.

Ficou pensando no Pai Tião... Aqueles colares, tudo coisa fina. O carrão. As mulheres dando pro velho em troca de uns favores dos orixás. Queria comprar uma casa pra mãe, queria levar a Quica pra Disneylândia. Dar um carrinho pra Dalila, coitada, que descia a Rocinha pendurada naquelas vans de merda, botando gente pelo ladrão.

– Pai, cansei, vamos embora?

Catarina estava ali, parada na frente dele. Léo ainda tinha trinta reais, e estava de bom humor:

– Vamos comer um sanduba. Depois a gente vai pra casa, Quica.

Arranjou uns búzios, mandou imprimir uns cartazes e colocou um anúncio na internet: "Pai Léo, desata qualquer nó em sua vida". Sobraram setenta reais, mas era um investimento.

Disse pra filha:

– Papai arranjou um emprego novo.

– A mamãe falou que você troca mais de emprego do que de cueca – respondeu a menina.

Ele ficou envergonhado, mudou o canal da TV pra um desenho do Pica-Pau, e respondeu:

– Esse emprego é bom. Vai entrar uma grana. Se tudo correr bem, vou te levar pra Disney.

A menina ficou com os olhos brilhando:

– Jura? Vai dar tudo certo, papai. Mas, em vez de ir pra Disney, a gente podia era visitar a mamãe lá em Boston, né? Bem que eu ia gostar...

Ele afagou a cabeça da filha, com pena. Ela estava com saudades da Dalila, claro.

No outro dia, bem cedo, levou Quica pra escola. Passou a manhã e a tarde de olho na tela do computador. O anúncio estava lá, mas nada. E mais um dia inteiro se passou. A menina perguntando pra ele que trabalho era aquele que não precisava sair de casa.

– Não começou ainda – respondeu pra filha. – Começa amanhã.

No dia seguinte, o *plim* do aviso sonoro arrancou-o de um cochilo. Fixou os olhos na tela do notebook de segunda mão e lá estava a mensagem: "*Quero uma consulta, vamos marcar? Alcides Viz.*"

Léo ficou tão nervoso que nem conseguia digitar direito, mas marcou: na manhã seguinte, ali mesmo. Arrumou a sala toda, pediu uma toalha branca pra Lucia, cobriu a mesa, ajeitou os búzios. Só pra testar. Quando buscou Quica na escolinha, levou-a pra comer um cachorro-quente num boteco. Voltaram pra casa já era noite, e a menina caiu logo no sono, sem notar a sala toda arrumada, os búzios sobre a mesa e até uma imagem de Xangô que Léo tinha arranjado com um dos vizinhos da rua.

O Alcides aparece pontualmente. Seu Alcides.

Vem mancando da perna esquerda, o cabelo branco bem penteado, um sorriso franco no rosto. A primeira coisa que Léo sente ao ver seu cliente é remorso.

— Em que o pai Léo pode ajudar o senhor? — pergunta, sentado na sua cadeira, com as guias no pescoço, vestido de branco até as havaianas.

O velhinho retorce as mãos:

— Bem... Estou procurando uma amiga. No Clube Germânia, tem um baile da Terceira Idade... Foi lá que eu conheci a Adélia.

— A Adélia... — diz Léo, tentando concentrar-se nos búzios, como imagina que um pai de santo de verdade faz. — Eu posso ver a dona Adélia... Cabelos curtos?

– Isso, isso! – diz Alcides.

– E olhos...

– Olhos azuis – completa o velhinho, comovido. – Pois é... A gente sempre dançava junto, há um ano, sabe? Eu já estava até pensando...

Léo abre um sorriso simpático:

– Pensando em dividir a vida com ela, seu Alcides?

– Isso mesmo – ele conclui. – Você é bom nisso!

– Obrigado – responde Léo. – Os búzios não mentem.

– Que bom, Pai Léo. É por isso que eu vim aqui... Porque a Adélia sumiu.

Léo sente um aperto na boca do estômago, o café que bebeu um pouco antes queima suas entranhas. A Adélia sumiu?

– Faz um mês... Eu já fui em dois bailes, e ela não estava lá. Sempre ia, sem falta. E agora estou sem notícias dela, muito preocupado...

Léo olha pros búzios e diz:

– Sumiu. Uma questão difícil... Temos que fazer um agrado pros orixás.

Seu Alcides deixa os olhos vagarem pela brancura da toalha, depois pergunta num fio de voz:

– Será que ela... que ela morreu?

Léo fica com pena do velhinho, mas a verdade é que está em apuros. O que vai dizer sobre a Adélia? Sabe apenas três coisas da mulher: que tem cabelos curtos, olhos azuis e adora dançar.

Num gesto ensaiado, recolhe os búzios e joga-os sobre a mesa, uma, duas, três vezes, enquanto seu Alcides observa tudo atentamente. Então, com uma voz séria, diz:

— Seu Alcides, os búzios pedem que o senhor volte aqui amanhã a esta mesma hora. Até lá, terão uma resposta. Os orixás às vezes precisam de um tempo lá nos extratos superiores, um tempo para as coisas clarearem... para verem a verdade.

Seu Alcides parece meio decepcionado, mas concorda. Ele paga a consulta e põe-se em pé, forçando um sorriso. Amanhã ele voltará então, torcendo por uma boa notícia. Anda até sem apetite, ele diz.

Léo leva o velhinho até a porta:

— Vá em paz, seu Alcides. O seu apetite vai voltar, e a dona Adélia também, eu lhe garanto.

Diz aquilo com a consciência pesada. Porém, mal fecha a porta, troca a camiseta branca por outra, cinzenta, coloca um boné, uns tênis, pega uma mochila que tinha deixado preparada e sai atrás do velho, guardando no bolso da calça o dinheiro que acabou de receber. Precisa segui-lo. Precisa de pistas. E tem 24 horas pra dar uma resposta. Ele tem que dar uma resposta decente, clara, direta pro velho. E tem mais a grana do trabalho, ele avisou o Alcides que o trabalho era um extra além do custo da consulta de búzios. Seu Alcides sobe num ônibus. Por sorte, àquela hora, a condução não está lotada, e Léo sobe mais atrás. Eles serpenteiam pela Rocinha, atravessam o túnel, seguem em direção a Copacabana. Seu Alcides desce na avenida Atlântica e caminha até a Ronald de Carvalho, entra num prediozinho pequeno, de pastilhas azuis e brancas, sempre mancando da perna esquerda.

Escondido atrás de um caminhão de entregas, Léo abre a mochila, tira dali uma peruca, coloca-a sob o boné. Entra numa lavandeira no térreo do prédio onde seu Alcides mora e, como quem não quer nada, faz algumas perguntas pra moça no balcão. Diz que é um vizinho novo, que quer saber os preços da lavagem a seco, que foi seu Alcides quem indicou a lavanderia.

— Seu Alcides — diz a moça, caindo na dele. — Sempre vem aqui. É viúvo, não tem filhos. É muito sozinho e adora um papo. Dou uma atenção pra ele. Todos vamos ficar velhos um dia.

Léo concorda:

— É... Se a gente tiver sorte.

Dali, Léo pega um ônibus pra Gávea e desce na Marquês de São Vicente. A Sociedade Germânia, sabe onde fica. Já trabalhou de garçom lá numas festas de Réveillon. Dobra na esquina da Antenor Rangel e sobe as duas quadras arborizadas, ouvindo o cantarolar dos passarinhos. Nem perguntam quem ele é na portaria, qualquer um pode subir ali, basta dar uma desculpa.

– Quero ver um orçamento pra uma festa – ele diz.

E o porteiro, com a maior cara de tédio, indica o caminho para a escadaria enorme que leva à sede social do clube, escondida entre a vegetação exuberante.

A casa já teve dias melhores, mas ainda é uma mansão imponente, que serviu de cenário pra várias novelas. Uma mulher baixinha, morena, varre um terraço que termina em portas envidraçadas. Do outro lado, Léo enxerga um amplo salão de piso em parquet, e imagina seu Alcides e dona Adélia dançando, girando ao som de *El día que me quieras,* música que sua mãe costumava cantar.

– Bom dia – diz Léo.

A mulher deixa a vassoura de lado e sorri pra ele, simpática.

– Bom dia. Veio pra trabalhar na fiação elétrica? Me avisaram que um técnico viria hoje...

Ele sorri. Abre a mochila e tira dali um caderno e uma caneta. Finge procurar alguma coisa no caderno, e então fala:

— Ah, não... Não sou eletricista. Na verdade, estou aqui procurando uma senhora... Ela frequenta os bailes que acontecem aqui...

A faxineira sorri:

— Os bailes da terceira idade? Sei... Eu cuido da rouparia nesses dias. As senhoras vêm e dançam e dançam. Dá gosto de ver.

Léo sorri, compreensivo. A mulher parece emocionada com os velhinhos.

— Mas quem é que você está procurando?

— Dona Adélia... Uma senhora de cabelos curtos, olhos azuis. Boa dançarina...

Ela pensa um pouco:

— Ah, sei quem é. Ela vem sempre. Mas parece que está viajando. Foi pro interior. Pra Nova Friburgo. Parece que tem família lá... — Ela olha pra ele, interessada: — Mas você é quem mesmo?

Léo suspira aliviado. E se a pobre velhinha tivesse morrido? Ele abre um sorriso e emposta a voz:

— Eu trabalho pro concurso de Dança da Idade Dourada. A dona Adélia foi escolhida entre quinhentas senhoras pra dançar no nosso programa de calouros. Se ela ficar entre as finalistas, pode ir pra Serra Gaúcha e passar uma semana lá num hotel quatro estrelas!

– Nossa! – diz a faxineira. – Ela merece. É uma senhora muito legal. Pena que viajou...

– Pois é, não temos o contato dela. Por isso, vim aqui.

– Por que você não procura a dona Odete? São muito amigas. A dona Odete mora aqui na Duque Estrada. Às vezes eu faço faxina lá. É um edifício baixinho, de três andares... Branco, com umas janelas azuis, um jardinzinho na frente. Não tem como errar, ela mora no 201, e é só dizer que fui eu, a Goreti, que te deu o endereço. Como é seu nome mesmo?

– Jurandir – responde Léo. – Meu nome é Jurandir Ferreira. E obrigado pela ajuda, vou lá procurar a dona Odete.

– Vai mesmo – diz a outra. – Dona Adélia merece participar desse concurso, ela dança muito bem!

Léo se despede da mulher, desce a escadaria, a rua, e dobra à esquerda na Marquês de São Vicente, na direção que a outra lhe ensinou. Encontra fácil a Duque Estrada e também o prédio, que não tem portaria. Toca o interfone do 201, cada vez mais à vontade no seu papel de organizador de concurso de danças.

Uma vozinha alegre surge do aparelho, é dona Odete. Léo explica em poucas palavras o concurso, a busca pela dona Adélia. A senhora parece pensar um pouco.

Depois diz que vai descer, eles podem conversar na calçada. O Rio de Janeiro anda muito perigoso, ela acrescenta. E Léo concorda, calmamente.

— Eu só preciso do telefone da dona Adélia — ele diz, olhando a senhora miúda e morena postada em frente a ele, com um gato siamês no colo.

— O telefone, assim, do nada, não posso dar. Mas deixa eu consultar a Adélia. Você pode voltar aqui amanhã? Ela me liga todos os dias, foi visitar a filha no interior, mas deixou comigo o gatinho dela, o Fifi...

Fifi se remexe no colo da senhora, tem um pelo macio e uma cara de quem é muito bem tratado.

— Ela volta quando?

— Acho que fica mais um mês por lá. Está morrendo de saudades do Fifi, mas a filha teve bebê.

— Eu volto aqui amanhã.

— Volte mesmo. Ela liga sempre. É louca pelo Fifi, é um filho pra ela. E eu estou cuidando muito bem dele, mas sabe como é... Saudade de gente velha dói mais... — Ela ri, despedindo-se.

Léo vai embora correndo, sobe na van pra Rocinha, porque está na hora de buscar a Quica na escola. Andou o dia todo pela cidade; mas tem um plano, pelo menos, e uma notícia pra dar pro seu Alcides. Até porque não tem um mês pra esperar pela grana, precisa de dinheiro urgente. Sacudindo na van, procura um número de telefone no celular e faz uma chamada. Fala rápido, marca a hora e desliga.

Catarina vem da escola cheia de novidades. O Fábio cuspiu na boneca da Luíza. A Dani mordeu a orelha da Bia. No fundo do mar também existem plantas. Léo ouve tudo, apavorado com a violência das crianças, encantado com aquele sorriso novo em folha que ela lhe dá quando ele serve o prato de misto-quente e o copo de guaraná.

Batem na porta.

– Quem é? – Quica pergunta, toda animada.

– É um amigo do papai. Fica aqui quietinha comendo teu sanduíche. Eu já volto.

A menina obedece, é boazinha mesmo. Ele abre a porta e encontra o Zeca sorrindo pra ele.

– Qual é a boa, mano?

– Vamos ali no quarto – Léo diz, e puxa o amigo pelo braço.

— Roubar um gato? Tá maluco, mano?

— Te dou cem paus. É moleza.

Ele entrega um papel com o endereço da dona Odete, que o outro lê e guarda no bolso da bermuda.

— Mas sem violência. Quero que pareça que o bichinho fugiu. Não arranca o gato da velha, tá? Ela é gente boa...

— Pegou amor pelo gato, é? – diz o outro, guardando a nota novinha que Léo lhe deu.

— Só estou pegando o bicho de empréstimo.

Léo fica em pé, dando o assunto por encerrado. O outro vai atrás. Na porta, pergunta:

— É pra quando?

— Quero o pacotinho aqui até amanhã ao meio-dia. Pode ser?

— Te trago o miau pro café da manhã. Tchau.

Léo fecha a porta, aliviado. Sentada na mesa, Quica já terminou o sanduíche. Ele diz que agora é hora do banho, depois cama. Podem até ver um desenho. Se a menina se comportar bem, amanhã vai ter uma surpresa.

— O que é? – ela pergunta.

— Um bichinho pra você cuidar por uns dias. Um gatinho.

— Vai ser meu? – diz ela, pulando de alegria.

– Este não, Quica. Mas se você cuidar bem dele, eu arranjo um pra você. Este é um teste, tá?

– Vou cuidar direitinho – diz a menina.

No dia seguinte, Léo volta do colégio da Quica e encontra o gatinho numa caixa no chão da sala. Na mesma hora, entra mensagem do Zeca no celular: *"A Lucia abriu pra mim. Tá aí o bicho. Se diverte, kkkkkkk."*

Léo pega o gato e lhe dá um pouco de leite num pires, depois fecha o bicho no quarto com jornal espalhado no chão. Arruma a toalha na mesa, coloca sua roupa branca – arranjou até um blazer com um vizinho. O velho já deve estar chegando.

E seu Alcides chega cinco minutos depois. Os dois sentam-se. Seu Alcides parece nervoso, Léo joga os búzios e sorri:

– Hoje os orixás estão mais animados, seu Alcides. Dei um bom agrado neles. Quando é o próximo baile no clube?

– Hoje é terça? O próximo baile é na sexta – ele diz, esperançoso.

– No próximo baile, a dona Adélia já vai ter voltado. E o senhor verá: ela lhe revelará todo o seu carinho. Os orixás garantem, seu Alcides, o senhor vai ter o seu amor de volta em três dias! De volta, e pros seus braços!

O velhinho abre um sorriso de emoção.

– Ah, muito obrigado, muito obrigado, Pai Léo... – Ele tira a carteira do bolso, remexe numa pilha de notas. – Quanto eu lhe pago?

Léo pensa um pouco e diz:

– Foi um serviço difícil, seu Alcides. Os orixás estavam temerosos... Mas agora tudo clareou. O senhor vai ver... São dois mil reais. Se der errado, o senhor pode vir aqui me cobrar a metade do serviço de volta, ok?

– Tudo bem. É boa parte da minha aposentadoria, mas o que adianta ter dinheiro no banco e estar sozinho na vida?

Enquanto seu Alcides faz o cheque, o gato começa a miar no quarto. Léo se inquieta. O velhinho guarda a carteira no bolso da camisa.

– O senhor tem um gato aqui? – pergunta ele.

Nervoso, Léo finge que não consegue respirar direito.

– Não... – diz, forçando um esforço súbito. – É a asma... Quando me canso muito nas consultas com os búzios, fico assim. Parece que tem um gato no meu peito...

– Parece mesmo. Se cuide, Pai Léo, e muito obrigado! – responde seu Alcides ao partir.

(Na Gávea, dona Odete, muito aflita, avisa sua amiga que o Fifi fugiu. As duas senhoras choram ao telefone, e dona Adélia decide voltar ao Rio para procurar o seu bichinho de estimação. Enquanto isso, Fifi está sendo muito bem cuidado por Quica, que lhe dá leite e carinhos e dorme abraçada nele.

Dona Adélia, desconsolada, chega ao Rio de Janeiro na quarta-feira e publica um anúncio no jornal com a foto de Fifi. Ela e dona Odete passam duas tardes subindo e descendo a Duque Estrada e adjacências atrás do bichano; mas nada, ninguém ouviu falar do gato. A sexta-feira finalmente chega, dona Adélia está muito triste, e a amiga sugere:

– Eu estou me sentindo péssima, pois estava cuidando do Fifi como se fosse um filho. Acho que ele fugiu de saudades. Mas você não pode ficar assim, vamos ao baile hoje, pra distrair? Quem sabe até aparece lá aquele rapaz do concurso? Espero que ele não tenha dado o seu lugar para outra candidata...

Dona Adélia, por fim, concorda em ir ao baile e espairecer um pouco.)

O salão do térreo está todo enfeitado com balões e fitas. Eles têm um grupo musical que toca para os bailarinos no pequeno palco ao fundo da pista. O chão foi encerado e cheira a jasmins. Dois garçons estão a postos no bar. Um leve cheiro de mofo escapa das cortinas de cetim. Dona Adélia colocou seu vestido favorito, disposta a se divertir um pouco. Difícil foi esconder as olheiras enormes, pois tem dormido mal de saudades do Fifi.

Mas, no salão, de braços dados com a amiga, dona Adélia vê seu Alcides. Os dois trocam um largo sorriso. Ela estava com saudades e nem sabia disso.

Da rouparia, Goreti espia o salão por uma fresta na porta. Sempre gosta de ver os velhinhos dançando, felizes. Ela é jovem e não é feliz, aquilo é uma esperança que a acalenta. Vê dona Adélia de volta, sentada com a amiga, bebericando um ponche de frutas. Ela voltou antes, será que é por causa do tal do concurso?

Os músicos deixam escapar alguns acordes... Aos poucos, uma melodia nasce, tomando conta do salão enfeitado, onde duas dezenas de pessoas já se movimentam numa euforia contida. Os primeiros pares vão para a pista e começam a deslizar numa leveza inaudita para a idade que aparentam.

Seu Alcides toma coragem e vai cumprimentar dona Adélia e dona Odete. Mas, depois dos beijinhos, dona Adélia conta-lhe que está muito triste:

– Meu gatinho, o Fifi, que era como um filho para mim, fugiu.

Seu Alcides fica verdadeiramente comovido, pois ele também, há anos, teve um gato de estimação.

– Morreu de velhinho, mas senti muito.

– Estou feliz de ter vindo aqui, mas hoje não vou dançar. Não tenho vontade – diz a senhora, os olhos azuis úmidos de tristeza.

– Pois está muito certa, eu fico lhe fazendo companhia – diz seu Alcides, solícito.

Dona Adélia cora levemente, mas dona Odete retruca:

– Então vocês fiquem conversando aí, que eu vou dançar. – E sai para o salão, na direção de um senhor alto, que parece esperar por ela.

Os dois deslizam ao som de um bolero, enquanto dona Adélia começa a contar pro Alcides como foi que ganhou o Fifi, num Natal, um presente da filha caçula, a Roberta.

De uma janela do clube, um jardineiro de bigode observa tudo. Ele traz um saco nas costas, com as folhas secas que recolheu dos gramados ao redor da sede. Mas o saco se mexe um pouco e, vindo lá de dentro, ouve-se um ruído baixo que parece um miado.

Léo ajeita seu bigode falso, resmungando:

– Shiss, gatinho... Fica quieto. Falta pouco pra você voltar pra sua vovó.

Ele se olha no vidro, admirando seu disfarce. O bom de ter vários trampos é que tinha em casa roupa de tudo quanto era serviço – não era de jogar as coisas fora.

Léo espera por ali, tomando cuidado para que nenhum funcionário do clube o veja. Ele traz uma pá e um velho ancinho que juntou no galpão lá embaixo, perto da portaria.

– Seu Alcides – ele resmunga –, sua bexiga não está cheia?

Léo sabe que, mais cedo ou mais tarde, seu Alcides vai fazer xixi. Seu avô tinha uma terrível incontinência urinária, como a Quica, que vai ao banheiro toda hora, aquela menina sapeca. Teve de deixá-la com a vizinha mais uma vez; mas, agora que ganhou uma boa grana, prometeu voltar a tempo de levar todo mundo numa pizzaria, e ainda vai comprar um gato pra menina. Amanhã irão ao pet shop, prometeu.

No saco, Fifi se remexe inquieto. Toca uma música, e outra, e outra. Quando entra um sambinha, dona Odete volta à mesa, suada e feliz. É então que, aproveitando a volta da acompanhante da sua amada, Alcides avisa:

– Vou ao *toilette* por um minutinho, Adélia. Quer que eu lhe traga uma bebida na volta?

– Uma coca-cola, por favor – diz ela, satisfeita.

Do seu posto, Léo entende tudo. Ele sabe onde é o banheiro, e sabe que o banheiro tem uma janela ampla, fácil de pular, que é acessível pelos fundos da casa. Sem correr, ele se dirige o mais rápido possível para lá. Num canto escuro do jardim, Léo tira a roupa de jardineiro, revelando, por baixo, um uniforme azul de faxina. Enfia o jaleco verde e o bigode no saco, tira dali um espanador e entra na casa por uma porta dos fundos, seguindo no rumo do banheiro.

O banheiro tem três reservados, um deles está ocupado. Léo entra num dos reservados vazios e finge estar limpando o vaso sanitário. Quando ouve passos, espia com o canto do olho e vê seu Alcides entrando. Léo fecha a porta do reservado, não quer ser reconhecido pelo velhinho.

Alguém dá a descarga no reservado ao lado, os passos ecoam no chão. Ouve-se a torneira, depois a porta que se fecha. Léo escuta o ruído do jato de urina de seu Alcides alcançar a água: é um ruído fraco, intermitente, e Léo se preocupa com a próstata do velho. Se vai fazer este casamento, espera que dure bastante, pensa, enquanto sobe na privada e tira Fifi do saco.

Fifi o olha, desconfiado. Com cuidado, Léo solta o gato no piso e espera. O gato passa facilmente pelo vão da porta do reservado e fica miando no banheiro.

É nesse momento que seu Alcides o vê:

– Um gato! – ele diz, espantado. – No banheiro!

Alcides olha para os lados, mas parece estar sozinho ali. Como o gatinho entrou? Ele não sabe. No entanto, depois de conversar com Adélia longamente sobre o seu gato perdido, reconhece algumas semelhanças. Chama o gato, *Fifi, Fifi,* e ele vem. É um bichano manso e parece estar com fome.

Seu Alcides sai com o gato para o salão. Por mais curioso que esteja, Léo se obriga a correr para o lado oposto, para a escuridão do jardim. Amparado pelas árvores, dá a volta na casa até uma das janelas, que dá para o baile, justo a tempo de ver Alcides e dona Adélia trocarem um beijo casto, com todos os bailarinos como testemunhas, o gato entre ambos. A música para.

Dona Adélia, abraçada a Fifi e seu Alcides, diz alto, emocionada:

– Alcides, meu herói! Você achou o Fifi!

Goreti é quem puxa o coro de palmas, que se alastra pelo salão.

No seu canto, Léo sente uma bola na garganta. Não é que ele acabou fazendo uma boa ação? Mas já passa das nove da noite, e é preciso correr pra Travessa 6 na Rocinha, onde uma menina de cinco anos o espera ansiosamente.

No dia seguinte, Léo é acordado por Quica.

– Pai, o gatinho! Vamos lá, você disse que eu ia ganhar um!

Léo espia o visor do telefone:

– Quica, são oito horas! E hoje é sábado...

A menina insiste:

– Pai, você prometeu...

Antes que esteja plenamente acordado, estão num ônibus a caminho de Copacabana, onde Lucia achou um pet shop que está dando gatinhos para adoção. Ao seu lado, Quica dá pulos de alegria. Léo pensa em seu Alcides e sorri, feliz.

O telefone toca.

– Alô? – atende Léo.

Uma voz feminina, do outro lado, diz:

— Pai Léo? Meu nome é Nalva e queria muito jogar os búzios com você.

— Nalva? Você viu meu anúncio na web?

Do outro lado da linha, a voz responde:

— Não... É que sou vizinha do Alcides. Ele disse que, com o senhor, até caso perdido é tiro e queda! Ele recomendou muito mesmo, agora há pouco, no armazém.

Léo sorri, olhando a filha ao seu lado. Marca de receber Nalva às quatro da tarde. Até lá, já estarão com o gatinho, e ele pode deixar a menina e o filhote um pouco com Lucia, a quem deu uma graninha ontem pela força extra com Catarina. Com a cabeça no encosto duro do ônibus, Léo suspira, feliz. Talvez os orixás o estejam ajudando de verdade. Ele nem sente saudades do tempo lá no Sheraton, nem das gringas de biquíni.

O ônibus dá um solavanco e para numa esquina da Nossa Senhora de Copacabana.

— Acho que é aqui — diz Léo pra filha. E os dois seguem para a porta do ônibus.

Daqui a algumas horas, a Nalva irá lhe contar a sua triste história, e Léo tentará remendar os desacertos desta vida, como fez com seu Alcides há pouco tempo. Pai de santo do pau oco, mas até que está gostando dessa história toda, pensa ele, enquanto anda pela calçada suja com a filhinha no colo, sentindo o calor bom do sol no seu rosto, com o bolso cheio de dinheiro e indo pegar o gatinho da Quica.

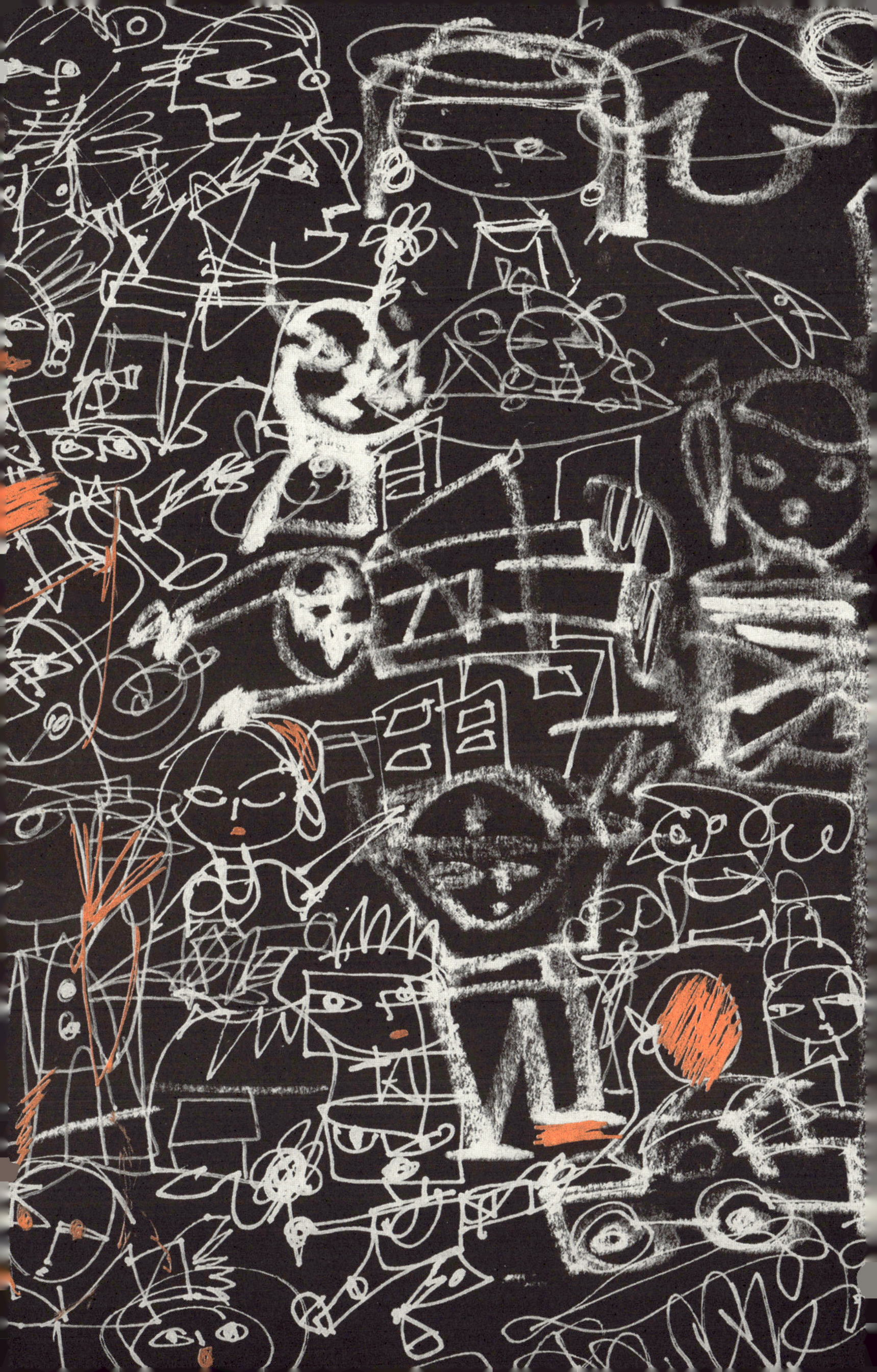

BESOURO AZUL ENTRE O BEM E O MAL

CECILIA GIANNETTI

A GAROTA PAROU UM MINUTO ANTES DE ENTRAR NA CONSTRUÇÃO ESTILO CAIXOTE, QUASE IDÊNTICA A OUTRAS À FRENTE, À ESQUERDA E À DIREITA, E QUE POVOAVAM A RUA TRANQUILA, UMA NESGA ESCONDIDA DA ZONA SUL CARIOCA. SUA PRIMEIRA VEZ NA CIDADE, NÃO ESTAVA PREPARADA PARA ENCONTRAR NA CAPITAL CARA PRÉDIOS QUE LHE PARECESSEM TÃO POUCO EXTRAORDINÁRIOS, EM FILA E A GRANEL, CADA UM REPETINDO E CONFIRMANDO A SEM-GRACICE DANADA DO OUTRO. ESPERAVA MAIS.

Suas pálpebras pesadas, que não se fechavam para o sono por mais que duas, três horas seguidas desde que o irmão desaparecera, tombaram sobre os olhos da garota por alguns instantes.

Primeiras impressões sobre o Rio de Janeiro: tédio árido, maldisfarçado sob ares de balneário – coisas que só o desespero e a insônia permitem ver entre praias e relevos espetaculares.

Toda a musculatura enrijecida em seu corpo exausto implorava que desse meia-volta, remarcasse o encontro, fosse ao menos deitar-se na beliche sem privacidade do pequeno hostel. A insônia a debilitava. O médico da sua cidade agora a chamaria de aguda ou intermitente, a sua insônia, talvez até lhe desse prescrição para algo mais forte, que a nocauteasse de verdade quando ansiedade e tensão fossem de tal forma agressivas que ela chegasse a acreditar que nunca mais poderia dormir nem sonhar, talvez lhe dessem uma droga melhor quando os períodos sem sono durassem um aeon, sugando toda a sua energia vital. Lembrou de algo que o irmão havia postado certa vez em um blog, o blog que ele mantinha fora da deepweb, o único a que ela teve acesso, um escrito do período pré-beligerante do rapaz:

"...... sei q alguém tá pra sempre enterrado nas profundezas do meu passado, pra nunca mais volta (sic), qndo essa pessoa começa a me aparecer nos meus sonhos fazendo coisas q a gente sempre fazia, como se fosse antigamente a gente junto..... é aí q eu sei q a gente nunca mais vai se cruza....... (sic)."

Ela puxou o celular do bolso, deslizou o indicador sobre a tela, cutucou teclas sensíveis e tornou a conferir o endereço fornecido pelo – *cruza os dedos, menina* –, até segunda ordem, informante – *reza, menina* –, guardado na sua inbox. Sim, número 67: estava no lugar certo. Mas não: aquilo não fazia o seu estilo, não era do seu repertório, ela nunca nunca nunca teria deixado sua casa, a sete horas de ônibus dali, para ir ao encontro de alguém com quem só estabelecera contato on-line. Exceto que: ali estava ela.

– *Respira, menina* –

Oito da manhã, cedo para isso, mas ela estava ali. E o homem que provavelmente já a aguardava no térreo do edifício fora o único a atender seu apelo, só aquela pessoa havia respondido à sua versão on-line de um Alerta Amber, o grito que ela lançou em uma rede social, e o cara tinha credenciais verificáveis na internet – com o porém de que tudo na vida on-line pode ser forjado para parecer real.

Fosse quem fosse, ele acenara com a possibilidade de notícias, uma trilha, uma pista sobre o desaparecimento do rapaz. Falsa ou verdadeira, ver para crer: pelo irmão ela se permitia jogar, apostava tudo, ousava até confiar no desconhecido, num desconhecido qualquer. Hoje em dia era só ela e o caçula, sobraram juntos, a mãe em férias permanentes no exterior acompanhando o marido novo, o marido antigo debaixo da terra.

Por que não podiam se encontrar em um banco de parque, praça? Num café de livraria, num bar, no escritório dele, não era detetive?, então tinha escritório, ou/

Ela havia protestado, quis saber, daí o sujeito, trocando mensagens com ela pela internet, se manteve firme na opção, insistiu que só falaria sobre o caso em uma zona onde o sinal das operadoras de telefonia fosse garantidamente bloqueado. De acordo com ele, o local selecionado para o encontro, mais especificamente o estabelecimento no térreo do prédio-caixote, preenchia o requisito.

— *Espera. O 'caso'? 'Caso' é um pouco excessivo. Não? Oquei, uma pessoa desapareceu por alguns dias, uma pessoa talvez consistentemente inclinada a fazer merdas colossais, jovem-sem-juízo com talento natural para se meter onde não deve. Mas será que apenas isso bastava para que a coisa se tornasse, ainda que extraoficialmente, um 'caso'? Não era um termo dramático, exagerado? Soava policial, detetivesco. O que até faria sentido, se o homem realmente viesse a provar que era mesmo um detetive, como afirmava a única menção à sua prática na web (o link destacado e apontado para ela pelo próprio, em uma dentre mais de trinta páginas de um buscador padrão).* –

Qual dos dois era o mais paranoico, a garota ou o seu suposto aliado? Ela, morta de medo diante do prédio, imaginando que, qualquer coisa que a esperasse lá dentro, um tarado e/ou psicopata carioca, ela não teria como escapar, por exemplo, de um Miguel Falabella numa reprise de *Noivas de Copacabana*. Um calafrio com referência televisiva ainda era, sim, um calafrio. Estava mesmo sendo paranoica? Ou era o homem quem tinha mania de perseguição, tomado por um terror irracional de – de quê? De estar sendo seguido, monitorado via celular por – por quem?

A garota inspecionou as janelas dos outros cinco andares acima do térreo e viu cortinas em tecidos e padronagens domésticos ordinários, indicando apartamentos residenciais igualmente caixóticos. Mas, uma vez que passou pela porta e entregou, contrafeita, o telefone celular na chapelaria, deu por certo estar em uma espécie de rotunda ou salão circular. Pelo menos havia bom ar-refrigerado funcionando, que a temperatura e o sol lá fora não eram coisa de Deus nem do inverno carioca (inverno carioca, nem mesmo em sonho).

Lá dentro viu-se cercada por cabines individuais, sem tampo, abertas acima mas protegidas nas laterais por pesadas cortinas que caíam de um suporte de metal acobreado até o chão e não permitiam ver sequer os pés de quem ocupava cada compartimento.

Tinha ouvido falar desses lugares onde geralmente só é possível saber com quem se vai sentar e conversar depois que se entra numa dessas cabines privadas para deparar-se com o interlocutor-surpresa. Deviam ser encontros muito estranhos, pelo que diziam, inventados assim para que as pessoas ampliassem seu círculo social para além das interações sugeridas por algoritmos on-line.

Ali, as cabines livres deveriam apresentar, acima de um suporte similar a um parquímetro antigo, um quadradinho de luz verde acesa indicando ENTRE. Já a palavra OCUPADO em luz vermelha indicava cabines onde não se podia entrar.

– *Permita que venha, menina. O que vier, menina* –

Para ela uma única cabine serviria, dentre todas as que lhe apresentassem a luz verde, a cabine onde a aguardava aquele interlocutor específico: o detetive – em nenhuma hipótese pessoa diferente daquela com quem estabelecera contato on-line. Sem ele, nenhuma outra cabine daria conta do recado. Como encontrar a cabine certa?

Outra questão a confundia: ela sabia que o mundo era estranho, não necessariamente bom, mas era um pouco demais para sua cabeça que o formato interno do prédio divergisse de seu formato exterior daquela maneira. Ela precisava ficar, era uma necessidade, mas *WTF* o formato do prédio? Nunca vira igual. Parabéns, cidade grande, conseguiu surpreender. Mais que surpresa, aquilo era um fator de estresse a mais para ela, os ombros enrijecidos, o corpo cansado, a mente trabalhando sem parar: será que o homem traria o seu irmão até ela, até ali, vivo? Ele o havia encontrado?

– *Por isso o lugar secreto, por isso* –

Por isso ela precisava ficar, e por isso também a necessidade de se acalmar. Anos de treinamento, e agora era capaz de fazer isso pervertendo o pensamento que havia gerado o temor: rapidamente criou e narrou para si a justificativa plausível de que aquilo não passava de uma aberração arquitetônica, possivelmente nem isso, algo menor, indigno de preocupação e que devia ter uma explicação bastante simples, que sequer entrava no espectro da estranheza e da maldade. Não, não deve ter sido complicado tornar o prédio arredondado apenas por dentro e no primeiro andar, bastava que tivessem pego uma porção da identidade-caixote original de sua estrutura completa e construído uma saleta térrea com aspecto circular dentro do caixote, cobrindo as evidências de seu formato real. Pronto.

O raciocínio aquietou aquela apreensão, mas ainda precisava da cabine certa. – *Qual é, menina?* – Ela continuou a passar os olhos de uma à outra, sem saber. Girou no centro do salão redondo procurando alguma dica em torno. Nenhum funcionário parecia enxergá-la ou observá-la, nem ela via mais ninguém. – *Mas que tipo de lugar* – Não, ninguém viria ajudá-la a encontrar sua cabine e seu informante – *reza, menina* – era coisa de sua responsabilidade, pelo que davam a entender deixando-a ali, feito besta.

Ela tornou a girar lentamente, observando cada cabine protegida por cortinas pesadas e seus respectivos parquímetros à entrada, todas com o quadrado de luz aceso no vermelho do OCUPADO. Por quanto tempo ainda acreditar que o homem se mostraria, o quanto mais ainda iria/

– *Pálpebras de chumbo, menina* –

Sem noção do tempo gasto na espera, até que enfim piscou lá na frente uma luz verde ENTRE e ela disparou até a cabine, seus passos fazendo eco pela rotunda. Ela tocou a cortina diante da luz verde ENTRE, sem conseguir abri-la. Forçou a cortina, forçou os músculos dos dois braços. O tecido como que feito de cimento e tijolos: não, não era assim que se abria. Voltou a cabeça para o lado da chapelaria, talvez pudesse vir alguém agora e orientá-la, esclarecer. Não, ainda ninguém.

Quando tocou novamente a cortina, decidida a quebrá-la tanto quanto fosse possível quebrar um pedaço de pano, uma brecha se entreabriu, liberando uma mão de aparência masculina e espalmada, que oferecia seis moedas. Nenhuma palavra foi dita. Ela aceitou a oferta, enfiando um a um os níqueis no parquímetro.

Agora a cortina se abriu – macia, aveludada, pesada mas não como concreto – e a cortina se fechou – macia, aveludada e pesada mas não como concreto – assim que ela entrou na cabine. Havia bancos acolchoados em couro preto, de um lado e do outro de uma mesa de garapeira escurecida, o aspecto geral comum de um reservado de canto de salão de *diner* sem abuso de luz fria, nada de muitas cores na mobília exceto pelas cortinas roxo-católico.

O gênio que decorara aquele lugar tinha deixado para dar outras cores ao ambiente usando coisas vivas, um pequeno deslumbre que a deteve antes que pudesse cumprimentar o homem sentado diante dela. No que deveria ser a parede oposta à cortina, dentro da cabine, havia um aquário. Era difícil saber o tamanho e o contorno exatos de cada peixe dentro dele, pois o vidro que separava a cabine de toda a água lembrava o material do grande feijão prateado do Millennium Park, que conhecia das fotos do perfil on-line de dois de seus primos, aventureiros, subempregados e subsistindo em Chicago. Ou um daqueles velhos espelhos de parques de diversões que distorcem as formas das pessoas. O vidro do aquário entortava o que se via através dele. Talvez, de dentro do aquário, os peixes também vissem um pouco distorcidas as pessoas.

No aquário ela viu bettas vermelhos, azuis, arroxeados, brancos com verde que se pavoneavam nadando com rabos onde todas as cores se encontravam, viu peixes-palhaço laranja, preto, amarelo e rosa, viu um oranda branco e inchado passeando com seu chapéu vermelho gelatinoso bem ajustado na sua cabeça, e vários neons cardinais, *balistoides conspicillum* e outros que não portavam um crachazinho plastificado à prova d'água, tornando assim difícil a sua identificação por uma leiga. Por causa do vidro distorcedor era impossível mesmo avaliar as dimensões do aquário.

... como se todo mundo que vem aqui pela primeira vez fosse obrigado a saber que precisa colocar as moedas no parquímetro pra entrar no reservado, e... Enfim, o atendimento aqui às vezes deixa um pouco a desejar nesse sentido, peço desculpas, mas ao menos estamos seguros: isso é certo.

Ela finalmente olhou de verdade para o homem que lhe dirigia a palavra. Notou de repente que agora também estava sentada, sem se lembrar de ter feito o movimento. Os peixes lembravam um antigo sonho recorrente, de quando ela ainda conseguia dormir, quando não tinha insônia nem a musculatura petrificada pelo fardo, pouca coisa antes do sumiço do irmão pós-adolescente inclinado a fazer merda. Um sonho em que o mar invadia quase toda a terra em todas as cidades do planeta e batia às portas das casas das pessoas, mas isso não era o fim, não era um filme de catástrofe, isso era bom e todos nadavam livres, felizes naquele tipo de sonho dela. Parecia durar a noite toda, o sonho. O sono mais pesado lhe ocorrera sempre pela manhã, o sono mais povoado de sonhos, sonhos vívidos. Quando ainda era capaz de dormir.

Não queria parecer afobada ou desconfiada. O homem prometera notícias, então era a quem deveria cumprimentar agora sendo agradabilíssima. Sua versão de agradabilíssima. O máximo que pudesse, considerando as circunstâncias.

Aqui é legal. Eu não esperava. Quero dizer, é/

É. Esses peixes relaxam a gente.

Na mesa, uma pasta da qual escapavam as beiradas de algumas folhas de papel. Ele deu duas batidinhas sobre a pasta com o indicador da mão esquerda, a mão com que havia lhe estendido as moedas pela brecha da cortina pesada, canhoto.

Vamos ao que interessa, então...

Você tem certeza? Aqui?

Cem por cento.

Mas as cabines são praticamente coladas umas às outras.

Ninguém vai ouvir a gente.

Ele colocou as duas mãos no ar, os indicadores apontados como antenas.

Você ouve alguém além da gente?

Ela fez que não com a cabeça, ainda agradabilíssima, reagindo como pensava que o homem gostaria que ela reagisse à pantomima.

Você realmente não sabe onde está?

Bom. Se é um desses lugares onde a gente é obrigado a deixar os eletrônicos na porta/

O homem devia ter quarenta e tantos anos, era o que ela enxergava nele. Não era boa em adivinhar a idade de ninguém com mais de vinte. De vinte e poucos a quarenta e tantos, os seus olhos viam genericamente apenas gente velha, sem nuanças. Ela enxergava nele um senhor digno, com roupas oquei, traços de quem já foi bonito. Mais para um elegante detetive de filme noir do que para o obeso, careca Sipowicz das reprises de *Nova*

York contra o crime. O noir preferido do irmão dela era *Los Angeles – Cidade proibida*, o único noir que ele tinha visto. Ele não via muitos filmes que não tivessem justiceiros mascarados.

Mas eu achei que isso era/

Lenda urbana. É o que todo mundo pensa, é o que eles querem que pensem por aí. Por enquanto. Estão na fase embrionária do negócio, precisam ser cautelosos com a máfia das operadoras de telefonia móvel, com os fabricantes desses aparelhos, com os provedores de internet. São eles contra um mundo adicto, praticamente conectado por cordão umbilical. Por isso funcionam à base do boca a boca, ou o seu propósito e todo o esforço de quem mantém esses lugares vai pro ralo antes que se tornem fortes o suficiente pra/

Uma bandeja com dois copos altos e canudos enterrados num líquido grosso cor de chocolate surgiu por uma brecha da cortina pesada, apoiada sobre duas mãos firmes, e ficou ali até que ele tomasse a iniciativa e retirasse as bebidas. Ela não moveu um músculo, sentia-se ainda em ritmo arrastado de pasmo, pensando no esforço – *de quem?* –, na importância presunçosa, no suposto grandioso propósito de lugares como este.

Ele colocou um dos copos na frente dela. Milk-shake. Cortesia da casa. A minha namorada trabalha aqui.

E por isso você acha que a gente está seguro?

Eu confio na casa, a casa confia em mim. Eu gosto de como eles pensam, tentando ajudar os viciados e tal.

Ênfase em 'viciados'. Ela fez uma careta, não mais tão agradabilíssima. Seu irmão era o tipo de adicto a que o detetive se referia: 24h/7 colado na tela do tablet ou celular, falando com qualquer outra pessoa exceto quem estivesse com ele no mesmo espaço físico. Mesmo com ela, fazia tempo não tinham uma boa conversa. Mas e daí? *The kids are alright*, ninguém precisa ser salvo *disso*, cruzes.

O detetive sugou com força a bomba de açúcar pelo canudo e disparou, perdendo também um pouco da aparência plácida, da sua tranquilidade perturbadora de antes:

Qual foi a última vez que você falou com alguém presencialmente cara a cara sem olhar o teu celular de três em três minutos, qual foi a última vez que você beijou alguém sem recorrer antes ou depois a uma investigação completa sobre ele ou ela na internet, se é que alguma vez nos seus vinte e um anos você sequer teve a chance de conhecer alguém que não tivesse um perfil na internet?

Ela era um pouco assim, mas com períodos de abstinência eletrônica forçada: precisava estar presente, consciente, de olho no caçula. Ela não sabia por onde ele andava mesmo antes de ele desaparecer. Já havia sumido.

Ela não se convenceu, não de que a estratégia era realmente necessária ao mundo, nem de que aquela questão era pertinente a ela. Jogou um 'tanto faz' de leve com os ombros. Tinha quase certeza, por qualquer motivo que ela desconhecia, ele estava tomando atalhos de conversa que davam em becos sem saída. Ela jogou:

E por falar em investigação...? Por que você quis ajudar?

O detetive terminou o milk-shake na segunda sugada e bateu o copo na mesa e emendou em tom monocórdico, sombrio:

Em 2006 eu estava pra sair de Ontario. Morei lá durante um tempo. Na manhã da minha partida eu acordei com todos os sintomas de um porre descomunal. Fazia sentido, eu tinha ido beber com o pessoal que eu conhecia do balcão de um bar perto de casa, amizades de pub. Eu não lembrava de mais nada da noite anterior, um apagão completo. Comecei a fazer o meu café, as malas prontas na sala, a minha cabeça vazia e latejando. Quando eu ia tomar o primeiro gole de café, a boca quase na xícara, deixei cair no chão, quebrou, metade do café foi parar em cima da minha camisa, pelando.

Foi aí a primeira fisgada, o começo de impressão sobre o que havia ocorrido na outra noite. Eu tinha matado alguém. E tinha matado com todo o ódio de que era capaz.

O que é que tem a ver com/

... a mais nítida impressão! Eu terminei de fazer as malas como um fugitivo, mergulhado naquele terror que poderia, que *pode*, ainda – indelével – ser absurdo, infundado. Pode ser mesmo só uma *sensação*, e mesmo que seja, ainda a trago comigo. Eu voltei pro Brasil no pior voo da minha vida, sem dormir nem um segundo, ardendo de febre embrulhado naquele cobertor miserável e mal-lavado, cheio de pele e de fios de cabelos de passageiros de voos anteriores. Nunca surgiu qualquer evidência de que eu matei alguma daquelas pessoas do bar ou qualquer outra, nunca ninguém me procurou abanando indícios, esfregando provas na minha cara. Porra, se eu passei pela segurança do aeroporto... Mesmo que tenha acontecido de verdade, ninguém sabe. Nem eu mesmo. E eu te digo, talvez não chegue a ser memória, mas eu odeio esse bicho me rondando, me cercando mais do que toda a força policial poderia ter feito comigo se de fato eu/ Provas? Nenhuma, mas/ E essa sensação, que nunca me deixa, de que eu posso realmente ter feito aquilo – o fato de essa possibilidade existir na minha cabeça é a minha pedreira, é pro resto da vida.

... um pesadelo de bêbado, resíduo de sonho?

É o que eu queria que fosse. Um resíduo da minha cabeça latejante. Porque eu não sou feito um detetive desses de televisão. Fora esse pesadelo, eu não tenho um fiapo de cabelo criminoso em mim, eu não tenho um lado sombrio, menina. Não. Eu gosto do sol no Arpoador, eu gosto de gente, eu gosto da minha família, eu telefono pros meus pais toda semana. Eu investigo, eu descubro fatos. Mas eu não faço queima de arquivo. A possibilidade, a impressão de ter assassinado uma pessoa me é insuportável, não desejo isso a ninguém. E a *certeza* de ter matado? Nem o mais idiota dos homens, nem ele merece isso. Tampouco desejo a uma garota nova feito você o luto de amar alguém capaz de matar.

A atenção do detetive se desviou de repente para o aquário à sua esquerda. Que bosta. Ela queria mais do que tudo evitar outro beco, já bastava a história sobre uma bebedeira em Ontario, tremenda engambelação.

Ela mesma acabou forçada a encarar de novo o aquário. Um vulto esguio surgiu entre a peixarada a certa distância do vidro distorcedor e veio se aproximando até que se definisse melhor sua forma. O detetive mostrou dentes brancos luminosos de clareamento com alta dosagem de peróxido de carbamida, mexeu um bigodinho fino-noir de milk-shake acima dos lábios. A figura, uma mulher de maiô preto e máscara de mergulho, retribuiu acenando lenta para ele, soltando bolhas com um sorriso subaquático. A mulher virou de costas e nadou até – Era realmente impossível distinguir a profundidade, as dimensões do aquário. O vidro distorcedor fazia as pernas da mergulhadora de aquário parecerem um rabo de peixe sinuoso distanciando-se deles, uma ilusão feia.

A minha namorada cuida do aquário.

A garota se remexeu sobre o couro do reservado, irrequieta. O banco onde sentava estava molhado com o seu suor, mesmo com ar-refrigerado temperando a sala.

Está bom. O teu irmão. Primeiramente eu gostaria de protestar e dizer que ele se mostrou muito mais burro do que você insinuou de início. Para ser bem claro: burrice, apenas, não define os atos do Sr. Besouro Azul, ele/

A garota liberou um bufo de desdém pela opinião não requisitada.

Deixa eu colocar a coisa de outra forma, então. Digamos que, no meu ramo de trabalho, você dificilmente encontrará alguém que acredite que as pessoas só fazem o mal por desconhecerem o que é o bem, que erram por não saber o que é o certo. Eu não sou exceção.

Não me leva a mal. Eu sou grata pela tua ajuda mas não tô interessada na posição filosófica da liga dos detetives particulares cariocas em relação ao bem e o mal. O que eu quero saber é se o meu irmão veio pro Rio de Janeiro, se ele está aqui, nesta cidade. O que é que você sabe?

Nada mais de menina agradabilíssima.

Ele abriu a pasta, passou os olhos pelos papéis no topo de uma pequena pilha de folhas preenchidas com fotos, alguns dados em fonte Cambria e outros numa caligrafia torta que percorria as laterais de cada página, anotações que ele mesmo fizera nas margens. Reordenou algumas folhas, trocou-as de lugar com outras, aproveitando esse movimento para criar outra pausa de efeito, mais um momento de silêncio estorvante, para, enfim, rebater pergunta com pergunta:

Até onde *você* sabe?

Ela sabia a respeito da máscara que a vizinha que costurava para fora tinha feito para o irmão (lycra, com buracos para a boca, o nariz, os olhos. Custo: R$25, que emprestou a ele antes de descobrir o propósito do apetrecho). Uma vez chegou em casa mais tarde, depois da última aula na faculdade, e encontrou o rapaz sem camisa, só de cueca boxer e máscara, bebendo uma cerveja pelo buraco feito pra boca, os olhos vidrados num seriado. Ela se sentou ao lado dele e brincou com a máscara. Definitivamente lycra. O irmão deitou a cabeça no colo dela, um raro momento recente de demonstração de carinho, ainda que permeada pela luz da TV. Já a roupa do Besouro era um conjunto de calça e abrigo de moletom comprado nas Lojas Americanas, no mesmo tom de azul da máscara. Ele escondia tudo amarfanhado numa caixa debaixo da cama, ela tinha fuçado. Mais ou menos só isso que ela sabia.

Também o vi chegar algumas vezes em casa com o rosto machucado, mas nada de mais.

Você acha? Nada de mais? Nada de mais até ele *desaparecer*. E agora você está aqui, numa cidade que você não conhece, e, a julgar pela estupidez recalcitrante que o seu irmão andou despejando pela internet – mais duas batidinhas sobre a pasta com os papéis –, ele também estava perdido. Desconhecer o risco não é a mesma coisa que ter coragem.

Do que é que você tá falando?

O homem lhe empurrou as folhas de papel reordenadas e ela começou a ler. A primeira página era um print de um blog onde figurava no cabeçalho a frase EU SOU O HERÓI QUE VOCÊ MERECE. Havia no espaço dedicado à minibiografia do autor do blog, à direita, uma selfie do seu irmão metido na máscara de lycra e a roupa azul do Besouro Azul.

TERÇA-FEIRA, 19 DE ABRIL

coisa + fácil do mundo é encontrar os noia no boteco perto da boca. a + difícil é descer cacete neles sozinho. eu segui eles da boca até o bar, levei comigo o jonas nessa Ronda de Herói pq heroísmo naum dispensa ajuda e qndo a gente parou as bikesss na frente do boteco eles tavam bebendo cerveja e fumando na cara dura. os caras tiveram um acesso de riso q durou horas, até o dono do boteco saiu lá de dentro p/ ver e riu e a gente continuou lá parado, serião, esperando eles voltarem ao normal mas tava demorando, aí o Jonas mostrou discretamente a ponta do bastão dele p/ fora da cestinha da bike q estava coberta com um lenço mas acho q os noia naum perceberam, noia td chapado, aí qndo acabou o cigarro de maconha eles só ficaram só bebendo e rindo, apontando p/ mim acho q por causa da roupa do Besouro as pessoas ainda naum sabem lidar, temer o Uniforme do Besouro. o dono do boteco pegou o celular dele p/ tirar foto e daí a gente saiu correndo mas os caras eram mais ágeis doidões do q eu calculei e conseguiram tacar uma garrafa nas costas do jonas e outra q pegou de raspão no meu braço mas valeu a pena sair correndo antes do velho bater a foto pq naum é hora de ter a nossa circulando sei lá onde, internet sei lá associada a uma Ronda de Herói sem nenhum resultado positivo p/ apresentar, valeu...

COMENTÁRIOS:
FAH 21 DE ABRIL

Tem corretor ortográfico, não?

KHÉZI 23 DE ABRIL

mano eu ñ sei quem é vc com essa máscara tosca mas o gordo q anda de bicicleta c/ cestinha coberta e lenço a cidade toda conhece é a bicicleta da mãe do cara!.../ seus comédia cacete

ALAN LALAU 23 DE ABRIL

Corage mano!!!!1!1 acaba com o TORPOR *dessa sociedade doentia!!!1*

SEXTA-FEIRA, 29 DE ABRIL

faz + de uma semana q naum dou notícia mas eu só sumi pq naum tinha notícia só q agora eu tenho. o jonas naum vai mais me acompanhar na Ronda pq ele naum gostou de levar garrafada de doidão e ainda por cima a bicicleta da mãe dele foi p/ conserto pelo jeito ela naum vai mais emprestar por causa do sobrepeso dele que é o que estragou a bike, enfim...... e eu vim também aki no blog pq tenho um novo acessório p/ me ajudar lutar os vagabundo enquanto eu num arranjar um parceiro fiel de Ronda: é a Fumaça do Besouro, uma bomba q você taca no chão e solta fumaça, dá p/ sair correndo qndo precisar, os vagabundo ficam kd? kd?..... cada caixa doze bombinha em qq casa de fogos kem quiser me ajudar, posta aqui seus commentsss....

COMENTÁRIOS:
ALINE SILVA 29 DE ABRIL
toskera

PABLO OLIVEIRA 29 DE ABRIL
maloqueiro compra logo um taser no mercado livre, um spray de pimenta 21 reau, compra uma arma deixa de ser mula..... bombinha de fumaça?!

EL JUSTICIERO CHACHACHA <LINK> 29 DE ABRIL
Besouro Azul, me parece que você está desperdiçando a tua gana e o teu talento num lugar onde não levam a menor fé em você e eu acho também que aí, pelo que você relata no blog, as bandalheiras de pivete e bandido nem é tão nervoso assim. Se quiser ELEVAR *o teu jogo contra o crime a um outro nível, me passa o teu WhatsApp por e-mail. O meu e-mail tá no link do meu nome aí em cima do meu comentário. Me dá um toque logo que trampo pra Herói macho com H maiúsculo e com M maiúsculo aqui é o que não falta.*

As entradas e comentários do blog que vinham depois destas eram postagens mais antigas, a maioria relatando como o Besouro Azul apanhou da Gangue dos Ratos, da Gangue dos Gordos (a qual, após a sua experiência na Ronda de Herói com o Besouro, o Jonas passara a integrar), como apanhou dos noia, dos trafica dos noia, dos pais dos noia e de algumas outras pessoas que ele julgara culpadas de crimes pequenos ou não, a quem o Besouro teria tentado perseguir sozinho, confiando em seu julgamento de que *quando a justiça naum desce o pau nos noia, a cidade precisa de uma pessoa que o fassa* (sic, continuou sem o corretor ortográfico). Uma sucessão de sovas bem-dadas.

O homem acabou descobrindo e limpando o bigodinho fino de milk-shake, descaracterizando-se, perdendo a aura noir. Ela lamentou isso, lamentou conhecer tão pouco e amar tanto aquele irmão. Será que ele/

Você está certo, ele é uma piada. Mas eu preciso dele, eu quero o meu irmão de volta, beleza?

Descobri o telefone do tal Justiciero ChaChaCha através do e-mail dele, que me levou a um blog com ideias parecidas com a do teu irmão. Liguei para o número, mas ninguém atende. De todo modo, é prefixo 21, o seu primeiro palpite valeu: você veio à cidade certa, o seu irmão desapareceu no Rio de Janeiro. Ele podia ter decidido caçar bandidos em Brasília e você teria gastado esse dinheiro todo vindo pra cá à toa. Mas não, ele veio pra cá.

Ele sempre disse que o Rio é a cidade mais violenta, que/

É uma cidade iluminada, bonita, uma cidade *pra cima*. Eu já expliquei a minha predisposição solar. Mas o teu irmão, sinto muito que ele tenha vindo justo atrás da violência. É um desperdício, menina, a vida é curta.

O que é que você quer dizer com isso?

Eu quero dizer que eu precisava te preparar. Eu precisava contar tudo isso exatamente dessa maneira, porque/

– *Por quê?* –

Agora as pálpebras de chumbo da garota se ergueram, descolaram, descobriram olhos encharcados de choro. Agora o suor do seu corpo desenhava padrões na poltrona de corino diante do homem que a encarava, apreensivo. Ela tentou uma pergunta.

Onde é que...?

O detetive a inspecionou, sentado detrás daquela mesa, uma mesa que não era a mesa da cabine na rotunda. Fez sinal para alguém que passava pela porta.

Traz uma água aqui, um chá, o que tiver na cozinha. Faz favor, que a moça/

Milk-shake?

O detetive encarou-a sem entender se ela falava sério ou ainda estava em choque.

... cansada da viagem. Você veio de ônibus, não foi?

– *Pálpebras de chumbo* –

Será que o irmão sonhou com ela fazendo coisas que os dois faziam juntos antes, como se fosse antigamente, e será que, sonhando, ele soube que os dois nunca mais se cruzariam? Porque era precisamente isto que ela sentia agora.

O homem disse, afetando de boa vontade uma cautela, uma preocupação muito humana para com o outro, que na verdade ele não sentia mais havia muito tempo, tempo demais na polícia para empatizar genuinamente quando se tratava de um caso enterrado:

Não tem mais o que a gente possa fazer, entende? Temos a fita, a gravação... Eu não te aconselho ver uma coisa dessas, no seu estado, e/

– *Antes do chá, as pálpebras tombam outra vez* –

Eu quero saber o que aconteceu com meu irmão.

O Besouro e El Justiciero ChaChaCha esperaram atrás de uma banca de jornal enquanto os lixeiros passavam arrastando até o caminhão ruidosamente latas que batiam pelo chão e sacos pretos, caixas de papelão, pedaços de móveis, indo e vindo com seus uniformes com listras que brilham no escuro. Os dois aguardaram impacientes, agachados. Só saíram do esconderijo quando o caminhão dobrou uma esquina e pegou a Praia do Flamengo. A vez deles de arrastarem seu fardo. Levaram aos trancos e barrancos o moleque já sem camisa e sem sapatos, de mordaça e bermuda e só, arrastaram-no e ele ainda tinha força para tentar uns coices mas nada além, arrastaram-no até o poste em frente ao edifício onde morava a senhorinha que *este moleque com certeza* havia assaltado numa manhã daquela semana ou da outra ou era comparsa daquele outro *igualzinho a este* que assaltava ali sempre, o J. C. C. C. estava de olho fazia tempo naqueles moleques todos iguais que circulavam perto do banco e do supermercado e daqueles prédios lotados de velhas e seus cachorros pequenos e irritadiços que não serviam para sua defesa. O Besouro executava fascinado seu papel. Aquela era sua luta. Em sua cidade lhe faltaram oportunidades e a boa companhia de um herói do povo como o J. C. C. C.

Com a ajuda do Besouro, o J. C. C. C. terminou de amarrar o moleque no poste e insuflou o companheiro: *Você é o homem certo no lugar certo, faz a coisa certa.* O Besouro tornou a bater, enquanto o J. C. C. C. tentava preparar o fogo sob o pivete, brigando contra um vento chato. Não deu tempo de acender a fogueira aos pés do menino. Três homens surgiram na calçada, ávidos, armados.

O detetive espremeu o porteiro no dia seguinte, quando o moleque desfalecido no poste já tinha virado notícia e J. C. C. C. e o Besouro – ninguém sabia dos homens ávidos, armados, vistos nas gravações das câmeras do prédio: quem eram, de onde vieram, para onde levaram os outros dois, um deles com uma máscara de lycra azul.

Quase num poema, um rapeado a seu modo, o porteiro confidenciou ao detetive que os homens armados *Era jeito de polícia mas podia ser milícia, hoje em dia essas coisas confundem, você vê, levaram embora justo os dois que tentaram fazer justiça.*

– *Depois do milk-shake as pálpebras tornam a tombar* –

Um zumbido de inseto cortou o silêncio na cabine, até que o detetive fez um gesto sinuoso para espantar a abelha da borda de seu copo de milk-shake. A abelha levantou voo, como se compreendesse que se esperava dela respeito, alguma polidez. Não sabendo mais o que fazer – nada mais podia ser feito – a garota acompanhou o voo da abelha, que encontrou a saída da cabine por cima do metal acobreado que prendia as cortinas. A garota dobrou o pescoço bem para trás e apontou os olhos bem para cima, vendo que a abelha subia cada vez mais. Quando olhou diretamente para o ponto mais alto da rotunda, ela viu a cúpula arredondada.

A cúpula arredondada, feita de vidro vazado, mostrava o azul vibrante do céu e o branco de poucas nuvens que passavam sem se demorar. Tinha achado tão sem graça a entrada do prédio-caixote e os domicílios acomodados logo acima do primeiro piso do prédio-caixote, que, do lado de fora, nada tinha de arredondado. Não. O andar térreo onde ela passara aquela hora sentada diante do detetive não poderia comportar uma cúpula com vista para qualquer outra coisa que não fosse o monótono teto do prédio-caixote. Porém estavam, sim, numa rotunda, havia, sim, a cúpula, e a cúpula dava para o céu.

Ela sabia que o mundo era estranho, não necessariamente bom, mas ainda que lhe apresentassem uma explicação bastante simples para tudo aquilo, uma justificativa que sequer pudesse ser incluída no espectro da estranheza e da maldade, ela entendia também que, naquele local e naquele momento, depois de tanto se proteger e fugir de compreender que agora sobrava sozinha no mundo sem o irmão, era obsceno que tivesse de ficar assim, exposta ao brilho alegre do sol.

— *Por favor alguém cerre sobre o céu a cortina de chumbo* —

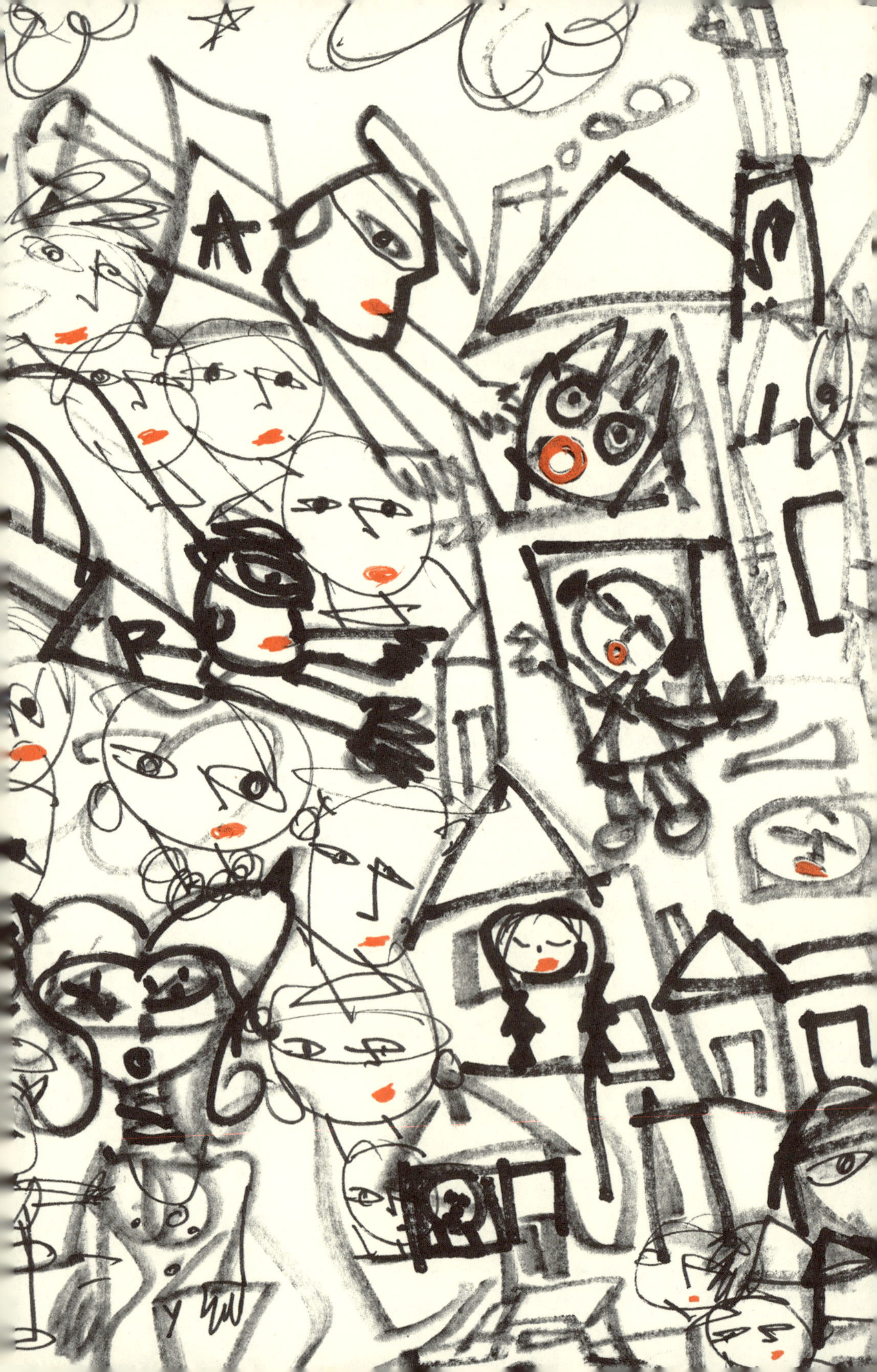

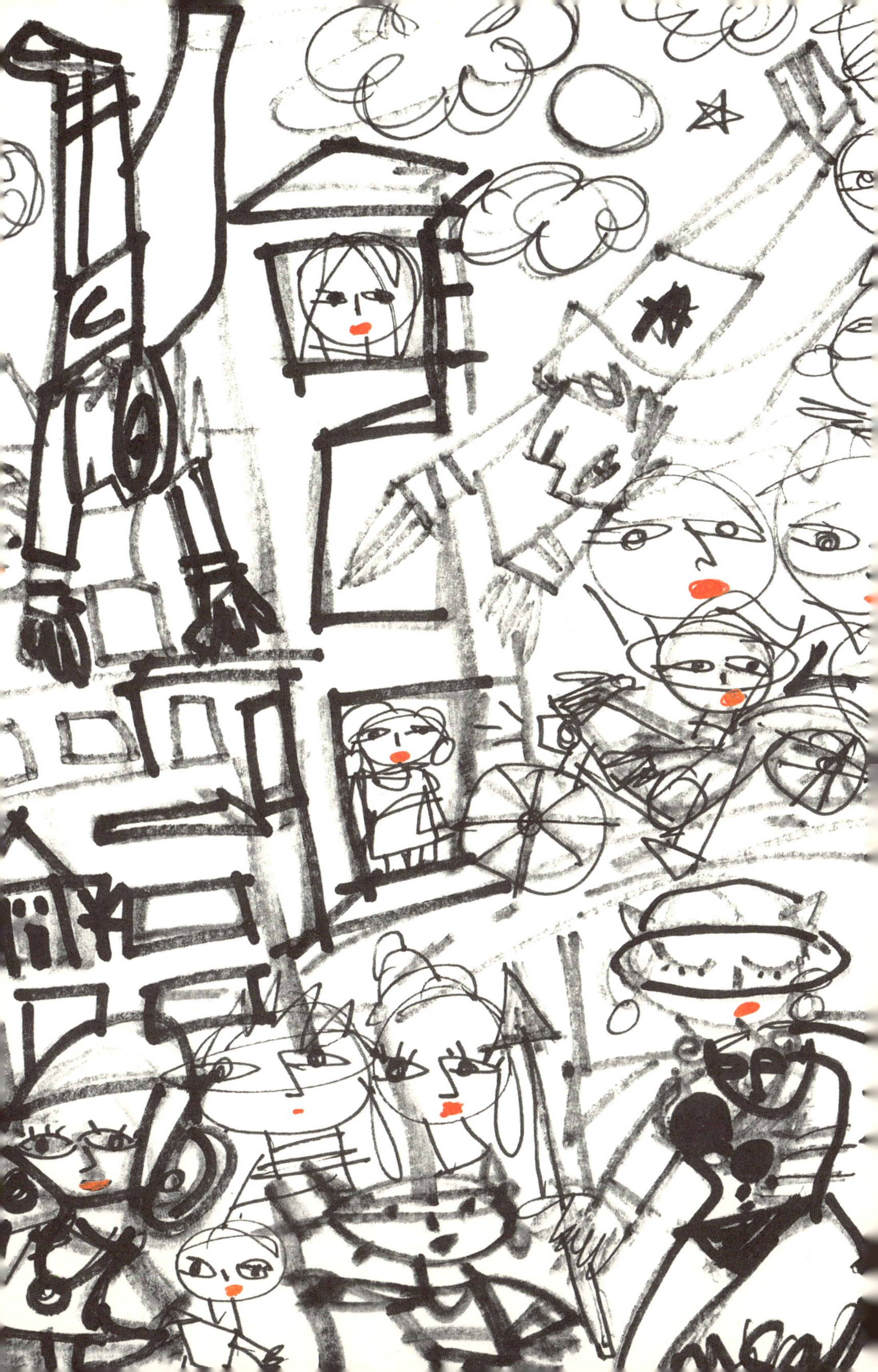

DA GRAVIDADE E OUTRAS LEIS

EMILIANO URBIM

COMEÇAR DE NOVO. É CONSEGUIR RESPIRAR QUE NEM GENTE APÓS DIAS DE NARIZ ENTUPIDO. É HORA DE PASSAR FIO DENTAL, ESCOVAR TODOS OS DENTES E A LÍNGUA, BOCHECHAR ENXAGUANTE BUCAL E SORRIR PARA O ESPELHO, PORQUE TU VAI: COMEÇAR DE NOVO! A NÉVOA SE DISSIPA, A VIDA SE ILUMINA, TUDO É NÍTIDO, BRILHANTE, COLORIDO. TODOS OS MEMBROS DO CORPO SE AGITAM, OS PELINHOS MAIS ESCONDIDOS VIBRAM, CADA CÉLULA PULSA COM A NOVA CHANCE QUE RECEBEU. AH, COMEÇAR DE NOVO. VER QUE PODE CHEGAR LONGE. PENSAR EM VOZ ALTA: AGORA VAI! TU PENSA QUE PODE VOAR. ATÉ CAIR. DE CARA NO CHÃO. E SE DAR CONTA QUE NADA MUDA. NADA NUNCA MUDA.

20 DE FEVEREIRO – DOMINGO

Ia escrever "querido diário". Mas tudo tem limite. Por falar em limite, cheguei no meu. Não vou mais ser o esquisitão no fundo da sala, o excluído da turma. Não vão mais me chamar de Animal. Este ano vai ser diferente! Eles vão ver que eu sou um cara legal.

Quem diz esse tipo de coisa é um coitado, certo? Mas eu tenho um plano.

Seguinte: amanhã voltam as aulas. E, na volta às aulas, qualquer um pode se reinventar. É lei do colégio! Nerd, piranha, maconheiro, pati, não importa: no começo do ano, os rótulos do ano anterior estão suspensos. Um cara pode voltar das férias sem aquele aparelho de dentes escroto e entrar no time de futebol. Uma burguesinha aparece com camisa dos Ramones e esmalte preto. Um CDF pode virar surfista, um repetente aparece com livros de estimação, a guriazinha vira musa. Enfim. Meu plano: vou usar jaqueta de couro.

Achei ela no meio das coisas que o pai ficou de buscar aqui em casa. É preta, lisa, dois bolsos laterais, fica perfeita em mim. Vai ser minha marca registrada. Vão comentar. "Cara, que jaqueta maneira!" "Cara, vem sentar aqui com a galera!" "Cara, tu curte rock?" Periga até a Daiane olhar pra mim.

Tá tarde, melhor dormir. Ia escrever "amanhã é um grande dia". Mas tudo tem limite.

21 DE FEVEREIRO – SEGUNDA

Acordei atrasado, cheguei no colégio em cima da hora, demorei pra achar a sala, nem deu tempo de circular com a jaqueta, de escolher lugar direito. Enfim. Antes mesmo de eu me sentar, o Ênis começou a me tirar.

"E esse topete aí? Era pra ser *Nos tempos da brilhantina*? Ficou *Nos tempos do coroinha*." Fiquei na minha. Mas o piadista da turma 101 seguiu provocando. "Nossa, casaco de frio nesse calor. Quem tu acha que é, o Elvis Presley?" Segui sem responder nada. Mas, sei lá por quê, fechei o zíper até em cima. Foi quando ele se deu conta de que tinha algo importante para dividir com todos. "Ô, gurizada, se liga!" Apontou pra mim. "É o motoboy! Só falta o capacete! Cadê minha pizza? Motoboy!"

Passei a manhã inteira ouvindo a voz esganiçada do Ênis me chamar de "Motoboy". Que filho da puta, só porque chamam ele de "Aralho" fica querendo meter apelido nos outros. Mesmo sendo meu vizinho, nunca fui com a cara dele. Foda-se ele.

Amanhã vou com jaqueta de novo.

22 DE FEVEREIRO – TERÇA

Pronto. Agora a turma toda está me chamando de Motoboy.

25 DE FEVEREIRO – SEXTA

Se eu venho de jaqueta pegam no meu pé, se eu venho sem, também. "Cadê a jaqueta? Cadê a jaqueta?" O colégio inteiro me chama de Motoboy no recreio. Logo vai ser o bairro inteiro, Porto Alegre inteira. Vontade de socar uma parede ou a cara de alguém, de sangrar e tirar sangue.

Seguinte: consegui me reinventar já na primeira semana de aula. Antes eu era o Animal, porque algum retardado me achou parecido com um dos Muppets. Agora eu sou o Motoboy. Parabéns pra mim! É melhor que Aralho, mas o melhor era não ter apelido. A gente se acostuma, mas não devia. Cada vez que alguém diz "Motoboy" é como um peteleco na orelha, um tapa no pescoço, um empurrão na escada. Cada vez que alguém diz "Motoboy" está dizendo que ali, no Colégio Estadual Qualquer Nota, eu não mereço ser chamado pelo nome. Enfim. Exagero? Olha, é uma merda ouvir "Lucas" só na hora da chamada.

1º DE ABRIL – SEXTA-FEIRA

Querido diário, devo admitir que as coisas estão bem melhores. É preciso reconhecer: eu estava sendo muito pessimista. Não é que aos poucos tudo foi evoluindo? Hoje mesmo aconteceu um troço tão legal no colégio... Mentira. Primeiro de abril.

Enquanto isso, na vida real, meus colegas se conhecem, ficam amigos, marcam coisas para fazer depois da aula, se visitam, vão pra praia, pra serra, pra festas. No recreio, o pátio já está subdividido entre panelinhas, rodinhas, casais. Pelos cantos, rastejam uns excluídos. Eu? Eu nem desço mais pro recreio.

3 DE ABRIL – DOMINGO

A mãe chegou do jornal pilhada, ligou a TV, xingou o isqueiro até acender o cigarro, pediu copo d'água com Maracugina... Até aí, normal. O curioso é que, em vez de passar horas reclamando por trabalhar fim de semana, abaixou o som do *Fantástico*, fez um olhar de preocupada, disse: "Fofão, acho que tu tá com depressão."

Não sei se estou com depressão. Talvez. Pode ser meu novo rótulo no colégio: o deprimido. Pra mim, 1994 já acabou. Copa do Mundo? Que se exploda a Copa do Mundo. Se eu pudesse escolher, minhas opções para amanhã seriam:

1) passar o dia dormindo;

2) passar o dia assistindo TV até todos os canais saírem do ar;

3) ser atropelado, entrar em coma, acordar um ano depois, começar de novo.

14 DE ABRIL – QUINTA

Vamos ser três de novo no apartamento.

Não, o pai não vai voltar pra casa. Minha prima que vem morar conosco. A mãe acaba de dar a notícia. Vem passar um tempo com a gente, pra fazer cursinho. Ela não sabe quanto tempo é "um tempo", nem se é pro vestibular de meio de ano ou só ano que vem, mas sabe que "a gente precisa dar essa força, Fofão".

Seguinte: nem lembro a última vez que eu vi a Carina, deve ter sido em algum casamento. Estou com 15, ela tem 18. Uma prima de 18 anos na minha casa: se eu contasse isso para os meus amigos eles iam ficar loucos, mas para isso eu precisava ter amigos. E juro que não é nisso que eu estou pensando. Antigamente, eu dizia pra Carina que a gente era irmão. Ela tem pele morena e cabelo de índio que nem eu, a sobrancelha grossa e o nariz de batata da família da mãe. Enfim. Fiquei aqui pensando: acho que ia ser bacana ter uma "irmã mais velha" por perto.

18 DE ABRIL – SEGUNDA

Carina chegou anteontem. A mãe quis que a gente almoçasse fora, os três juntos, ela disse que precisava dormir. No fim do dia, fui no escritório do pai, que virou quarto da Carina, ver como ela estava. Estava com enxaqueca, pediu para não ser incomodada. Passou o domingo deitada, só saiu da cama pra pegar coisas na geladeira e voltar. Hoje, depois de a mãe insistir muito para ela tomar banho, ela parecia melhor. Perguntei qual faculdade ela queria fazer, quando começava o cursinho. Ela disse que ia estudar em casa. Perguntou se eu tinha cigarro, falei que não fumava, me chamou de "pirralho".

4 DE MAIO – QUARTA

Era pra Carina estar estudando em casa, mas ela passa o dia recortando umas revistas que ela compra e fazendo umas… colagens. Tipo: o rosto de um famoso no corpo de uma modelo e a cara da modelo no corpo do famoso, os dois dentro de um carro que ela tirou de algum anúncio, com um nenê gigante no fundo colorido. Colagens.

Acho que ela:
- inventou essa de estudar e, na real, fugiu de algo (ou alguém) lá de Pelotas;
- odeia Pelotas, chama a cidade de "província" e o povo de "gentinha";
- não conhece ninguém aqui, mas também não se anima a sair sozinha;
- estava brincando quando disse que ia votar no Enéas pra presidente;
- é mimada, daquelas que não lava nem a colher do iogurte;
- ama Guns' n' Roses, só saiu de casa para comprar o CD do macarrão na capa;
- me detesta.

Não sei o que eu fiz pra ela. Desde que chegou é só patada. Tentei me aproximar. A resposta é sempre na linha "Cai fora, pirralho", "Não vê que eu tô ocupada, pirralho?" e "Vai arranjar o que fazer, pirralho".

"Animal", "Motoboy", "Fofão", "Pirralho". Deve ser algum tipo de recorde.

6 DE MAIO – SEXTA

Ia escrever um monte de palavrão, mas estou berrando todos eles enquanto escrevo.

Muita adrenalina.

Ainda não dá pra acreditar.

Seguinte: hoje estava passando *Curtindo a vida adoidado* na Sessão da Tarde quando bateram na porta. Fiquei enrolando para me levantar e sair do quarto, achando que a Carina fosse atender, mas nada. Estavam quase arrombando quando eu abri. Era um bombeiro dizendo com voz de garçom: "É aqui que tem uma pessoa querendo se matar?" Quando terminei de entender ele já tinha passado pra dentro do apartamento e mirava a janela. Atrás da cortina branca tinha um vulto. Era a Carina. O cara foi chegando com muito cuidado, sem pressa, sem pausa. Foi puxando a cortina devagar. Carina, que estava com as costas coladas no parapeito, foi aparecendo aos poucos: os pés descalços, a calça jeans, a camiseta do Guns' n' Roses e o rosto de estátua. Ela repetia "se encostar eu vou pular, se encostar eu vou pular"; ele repetia "tá tudo bem, tá tudo bem, tá tudo bem". Eu estava estacionado na porta vendo isso quando passaram por mim dois bombeiros. Acho que quando receberam o chamado foi cada um procurar um suicida em um apartamento, viram de fora e não sabiam qual era a janela, ou vai ver se perderam, ou então é assim que eles trabalham, chega um primeiro e depois chegam os outros. Quando eu reparei, a Carina já estava girando pra dentro da sala, pôs os pés no chão, o primeiro bombeiro pôs o braço sobre o ombro dela e trouxe ela para o sofá. Pareciam namorados sentando no cinema. Em segundos, eu estava na frente da Carina com um copo d'água e um saquinho de Maracugina. "Muito bom, meu guri! Esse sabe o que fazer", disse o cara, a mesma voz de garçom. "E a mãe de vocês, cadê?"

Logo elas devem estar de volta do hospital. Foram lá pra Carina tomar calmante, fazer exames, algum médico liberar ela, garantir que não vai fazer de novo. Sei lá.

Ia escrever que entendo como ela se sente, mas melhor ficar no "Sei lá".

8 DE MAIO — DOMINGO

O zelador do prédio recolocou nas nossas janelas as telas que protegiam os gatos do pai – achei que ele tinha levado junto com os gatos, mas ainda estavam aqui.

Depois de falar no telefone com meus tios, a mãe me chamou na cozinha. Carina vai voltar para Pelotas. Em duas semanas. Também não entendi, parece que foi prazo da médica, porque ela "ainda não está pronta" para viajar. Eu ia pro quarto quando a mãe pegou no meu braço. Nessas semanas, vou ter de ficar de olho na minha prima, cuidar dela durante as tardes. Pensei: vou ter que ir com ela no banheiro?

"Eu preciso que tu dê essa força, Lucas." Foi estranho ouvir ela me chamar de Lucas. "Outra coisa. No colégio, tenta ser discreto sobre o que aconteceu."

"E o que foi que aconteceu?"

Eu precisava muito perguntar. Ela não soube muito responder.

"Há coisas que não têm explicação", "Cada um tem suas batalhas", "O que torna um mais forte é o que torna o outro mais fraco"... E aí os olhos marejaram. "Esses dias eu li num livro um trecho que me marcou. 'O medo de sofrer é pior que o próprio sofrimento. E nenhum coração jamais sofreu quando foi em busca de seus sonhos.'" Deu pra sacar que ela tinha bebido um pouco. Enfim.

Vi que a luz do escritório ainda estava acesa e fui dar boa-noite pra Carina. Ela estava enfiada nas cobertas, cabeça pra parede. "Apaga a luz", pediu. No escuro, disse para eu não ouvir: "Desculpa."

9 DE MAIO — SEGUNDA

Dia estranho no colégio.

Primeiro foi o Ênis, que acumula as funções de palhaço e de fofoqueiro da turma, vir puxar papo antes de a aula começar. Já estava esperando o primeiro "Motoboy" do dia quando reparei que ele estava, sei lá, respeitoso, me chamando de Lucas. Queria saber da "história com a minha prima". "Quem te contou?" "Todo mundo tá sabendo." Quando olhei em volta, alguns pescoços estavam se espichando para ouvir a conversa. Mas nem teve conversa: na hora, uma secretária veio na porta, chamou meu nome, disse que era pra eu pegar minhas coisas e passar na direção.

A diretora é uma coroa loira, baixinha e séria. Eu nunca vi ela berrando, mas eu sempre acho que ela vai berrar. Comigo. Seguinte: ela quis saber se estava tudo bem. Assim mesmo: "Está tudo bem?" Começou a contar um monte de história sobre adolescência, mudanças, desafios. O papo de sempre. Demorei pra me dar conta que ela sabia da Carina. Disse que estava ali para ajudar, que eu não precisava me preocupar naquele bimestre, que eles entendiam a minha situação. Enfim. Eu podia ir pra casa. Fui.

Quando saí da diretoria já era recreio. Atravessei o pátio rumo à rua quando o Ênis surgiu na minha frente. Depois o Geleia, o Rambinho, o Meia-Boca e o Neudimar (esse não tinha apelido). Cheios de perguntas.

"Como tu acalmou ela?"

"A tua prima usa drogas?"

"Foi tipo poder da mente?"

"Cara, ela tava muito louca?"

"Ela é tua irmã ou tua prima?"
"O que tu fez pra ela não pular?"
"Tu que chamou os bombeiros, né?"
"Na calçada tinha grito de 'pula! pula!'?"
"O que tu vai fazer se acontecer de novo?"
"Enquanto eles não chegavam, o que rolou?"
"Tu já tinha salvado a vida de alguém antes?"
"Ela tava no ar quando tu puxou ela pra dentro?"
"Sério que ela deixou o gás aberto e tu desligou?"
Saí sem responder.
Carina passou o dia no quarto.

10 DE MAIO – TERÇA

Se ontem foi estranho, hoje eu não sei o que foi. Um monte de colega me dando parabéns. Galera apontando pra mim, me cumprimentando de longe, vindo apertar a minha mão. Eu não falo nada, mas eles já vêm com os elogios e as histórias prontas. E me chamam de Lucas. Mas hoje, na hora da saída, aconteceu a coisa mais surreal, mais fantástica, mais incrível da minha vida. Eu estava arrumando minhas coisas pra ir embora quando a Daiane veio falar comigo. Às 12h17 (eu olhei no relógio da sala pra não esquecer), os olhos verdes da Daiane olharam nos meus, a mão delicada da Daiane tirou as mechas loiras da frente do rosto e a boca rosa da Daiane disse: "Eu sei que tu és um guri que fica mais na tua, não vais te vangloriar do que aconteceu. Mas eu queria dizer: tu és um cara muito corajoso. Admiro muito a tua coragem. A tua prima teve muita sorte de ter esse anjo da guarda." Ela fala assim mesmo, "tu és" e o escambau, ela não anda, ela flutua. Despediu-se, mas, antes de ir, virou-se e completou. "Como é bom saber que há pessoas como tu por perto."

11 DE MAIO – QUARTA

Hoje teve educação física. Depois do alongamento e do aquecimento, na hora de dividir os times de futebol, o professor Marinho fez diferente, resolveu escolher dois capitães que escolheriam as equipes. O capitão do primeiro time foi o de sempre, o Fabrício, que joga até na escolinha do Grêmio. O segundo... eu? Sempre sou dos últimos a ser escolhido, sou um mangolão descoordenado, reconheço, tanto que vivo inventando doença e compromisso para não enfrentar a tortura que é essa aula.

Claro que ele soube da história da Carina. Das histórias. Não interessa. Ele viu quem eu sou de verdade. Me respeitou. E os colegas também. Me deram vários passes, quando teve pênalti me deixaram cobrar. Ia escrever que fiz gol, porque ninguém nunca ia saber, mas não fiz. Enfim.

12 DE MAIO – QUINTA

Estou olhando agora para o convite de uma festa de 15 anos. É amanhã. Chegou meio em cima da hora, mas chegou. É de uma amiga da Daiane. Foi a Daiane quem me entregou, disse que vai estar todo mundo lá, que eu não posso faltar, que vai ser muito legal. Acho que vai ser mesmo. Diz: "Traje esporte fino". Falei pra mãe que era importante, e ela me deixou ir. Disse pra eu ir de táxi, disse que daria o dinheiro. "Tu te cuida que eu cuido da Carina."

A Carina já está melhor. Contei pra ela da festa, ela não achou graça, me chamou de "pirralho" etc. Mas já está bem melhor.

13 DE MAIO – SEXTA

Liguei pedindo o táxi. Enquanto ele não chega, vou anotar uma conversa que eu e a Carina tivemos agora enquanto eu me arrumava.

"Se arrumando, pirralho?"

"É a festa de 15 anos."

"De quem?"

"De uma amiga minha."

"E desde quando tu tem amigos?"

"Que que tu tem contra mim, hein?"

"Vai fazer a barba? Sabe fazer a barba? Teu pai te ensinou?"

"Que que eu te fiz?"

"Vai dançar? Vai beber cerveja? E já bebeu cerveja antes?"

"Não é da tua conta!"

"Vai fumar? Já fumou, pirralho? Duvido! Nunca nem beijou na boca. Já beijou na boca, pirralho?"

"Por que tu não te mata?"

Ficamos nos olhando, ela na porta do banheiro, eu na frente do espelho. A Terra parou, e foi como se todos os objetos ao nosso redor estivessem pulsando, prontos para voarem na direção de um ou de outro por telecinésia. Nada nem ninguém se mexeu. Até que a Carina disse: "Aproveita a festa. Ela termina."

E... chegou meu táxi.

14 DE MAIO – SÁBADO

Meu querido diário, estou bêbado.

É meu primeiro porre da vida. São 3h33 da madrugada de sábado, número mágico de uma noite mágica. Vou escrever bem de-va-ga-ri-nho pra não errar. Pra não errar muito.

Seguinte: entrei no táxi nervoso por causa da briga com a Carina. Aí fui ficando mais nervoso porque fui me lembrando das coisas que ela disse. Ia chegar lá e não ia saber o que fazer, o que falar, era melhor voltar pra casa. Mas aí eu não tinha coragem de dizer pro táxi voltar, era melhor chegar na festa. E cheguei. E logo que eu cheguei eu vi que tinha uma roda de guris fora do salão de festas. Alguns eram conhecidos do colégio, me saudaram e me convidaram pra chegar mais perto. Quem mais falava era um cara que eu não conhecia, um tal de Roni. É mais velho, deve ter até mais de 18 anos. Parente da aniversariante. Era o dono de um daqueles cantis de metal onde se bota uísque. E, pois é, ele tinha botado uísque no cantilzinho. Rapaz, querido diário, uísque. Ele explicou que a gente tinha que beber ali fora, porque dentro tinha muito adulto, muita família da guria, não ficava bem, e acho até que os garçons não iam servir, então o negócio era beber ali fora mesmo. Enfim. Uísque.

Entrei na festa com esses guris tentando não fazer nada muito errado. Não sei direito como, a gente foi andando em fila indiana e foi parar na pista de dança. Ou melhor, em uma rodinha da pista da dança. Daquelas rodinhas em que cada um vai no meio e faz um passo e aí chama outro pra ir no meio. Eu não sei se é sempre assim, essa que eu conheci hoje funcionava assim. E aí eu estava lá, fazendo número, até que eu me dei conta que tinham me chamado pra ir no meio da roda dançar e eu tinha que ir senão, sei lá, eu tinha que ir.

Ia escrever descrevendo como eu dancei, mas estou há um tempão tentando lembrar e não lembro na-da. Na-da. Sei que no final estava todo mundo aplaudindo e cantando: Lu-cas! Lu-cas! Lu-cas! Lá no fundo um engraçadinho gritou "Motoboy", mas era piada. Entre amigos.

Aí entrou a música lenta. Pois então. Lá fora o Roni deu a dica, nem adianta chegar na guria que está fazendo 15 anos, porque a noite é dela, ela não vai querer borrar maquiagem, o lance é chegar nas amigas. Acho que todo mundo foi mais rápido do que eu, porque quando eu vi estava no meio dos casais. Aí me sentei num canto. E quem veio falar comigo? A Daiane. A guria que até essa semana nunca tinha olhado pra mim agora estava ali falando comigo. Dividindo uma Keep-Cooler comigo. Perto dela eu sinto vergonha de estar vivo. Eu bebia a garrafinha me sentindo ridículo, morrendo de medo que ela me visse babar alguma gota ou algo assim. Mas ela me convidou pra dançar a tal música lenta. Nem lembro a última vez que dancei assim, frente a frente, abraçado. Se bobear, foi quando eu era criança, em alguma festa de família. Com a Carina?

Meu deus do céu! Tudo que aconteceu e eu pensando na Carina. Onde eu estava? A Daiane e eu, nós dois dançando música lenta. Não consigo parar de pensar nessa hora desde que me sentei para escrever.

"Que bom que tu vieste, Lucas."

"Que bom que convidaram."

"É que antes ninguém te conhecia. Tu eras muito bicho do mato."

"Pode ser."

"Sabe", soluçou. Tinha bebido mais do que meio KeepCooler. "Sabe, eu acho muito bonito o que tu fizeste."

"Brigado. Fiz o que eu tinha que fazer."

A música parou. Achei que o certo era a gente se separar, ela dançar com outra pessoa. Mas ela não se mexeu.

"Por que tu achas que a tua prima fez aquilo?"

Eu não sabia. A Carina não sabe. Ninguém sabe. Falei a primeira coisa que veio na cabeça.

"Daiane, cada um tem suas batalhas. O que torna uma pessoa mais forte é o que faz outra pessoa mais fraca. O medo de sofrer é pior que o próprio sofrimento. E nenhum coração jamais sofreu quando foi em busca de seus sonhos."

As mãos dela subiram da minha cintura pra minha nuca. Vi ela fechar os olhos. Fechei também. E a gente se beijou.

Eu tinha ideia de como era beijar um lábio, mas não fazia ideia de como era outra língua. É tipo uma almofadinha, não é, querido diário? Uma almofadinha viva, que encontra a tua almofadinha e... Bom, nessa hora começaram a bater palmas à nossa volta e foi providencial, porque vamos dizer que eu não contive a excitação. Ficamos dançando abraçadinhos mais um tempo, dando risada. Já era tarde, ela foi sequestrada pelas amigas e nunca mais voltou. Eu saí sem me despedir de ninguém. Dei sorte que logo passou um táxi. Desci antes para voltar um pedaço a pé e vir me acalmando. Quando cheguei, há pouco, a mãe estava acordada me esperando. Falei duas ou três coisas e vim pro quarto, acho que consegui esconder o trago. Mas devo ter entregado tudo rindo e falando sozinho agora, enquanto escrevia.

Carina dormiu na sala, assistindo TV.

19 DE MAIO – QUINTA-FEIRA

Um mês atrás eu nunca achei que estaria escrevendo isso, mas essa semana foi especial. E por vários motivos.

Agora, todo mundo só me chama de Lucas.

Me convidaram pra entrar na chapa do Grêmio Estudantil.

A Carina vai embora. A gente ajudou como pôde. Vai ser melhor pra todo mundo.

A Daiane ficou meio estranha depois que a gente se beijou, deu uma afastada. Mas hoje mesmo ela me ligou pra–

COMEÇAR DE NOVO. HAVIA ANOS QUE EU NÃO FOLHEAVA ESTE DIÁRIO DE 1994. CHEGUEI A ME ESQUECER DELE. E NÃO LEMBRAVA DE COMO ELE TERMINAVA. OU MELHOR: DE COMO FOI INTERROMPIDO. ENQUANTO EU ESCREVIA O ITEM DE DAIANE NA LISTA DE ALEGRIAS, OUVI UM GRITO DE MULHER. VINHA DO QUARTO AO LADO E SE TORNAVA CADA VEZ MAIS DISTANTE. ERA CARINA. ELA SE JOGOU DA JANELA DO ESCRITÓRIO. TINHA CORTADO A TELA DOS GATOS COM A TESOURA DE FAZER COLAGENS. EU NÃO PRESTEI ATENÇÃO QUANDO CARINA DISSE: "APROVEITA A FESTA. ELA TERMINA."

SEGUINTE: EU NUNCA MAIS COMECEI DE NOVO. ENFIM.

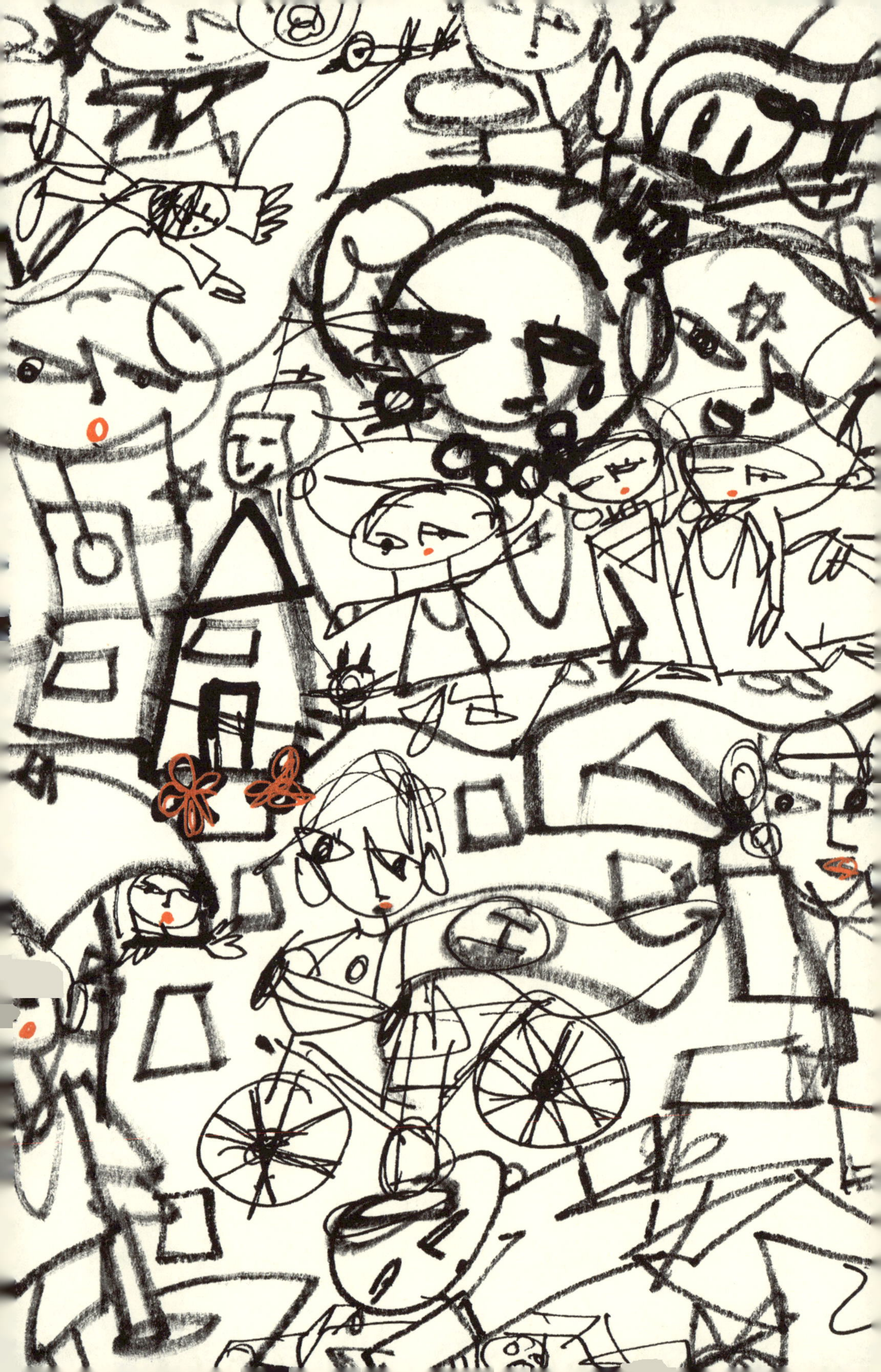

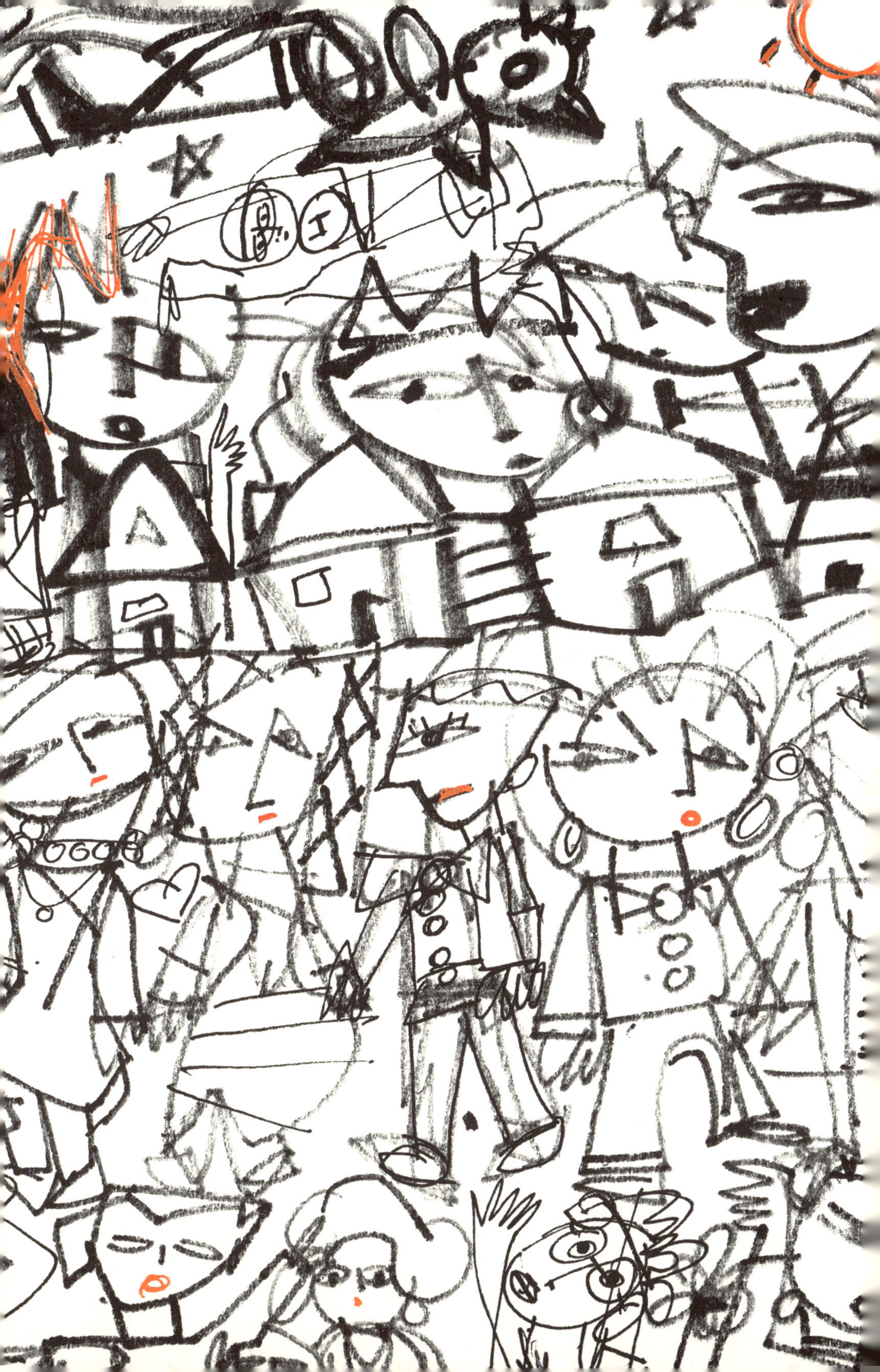

A COLETÂNEA

"Conto infantil, eu não sei escrever. Mas escrevi um conto para adolescentes. Que são muito mais sabidos do que se pensa. Vou anexar aqui. Depois conversamos mais. Abraços, Rubem Fonseca."

Fã fervorosa do autor, devorei o conto "Passeio Diurno" repetidas vezes assim que recebi o e-mail. E, inspirada em seu personagem "justiceiro", nasceu a ideia de criar a coletânea *Heróis Urbanos*.

O passo seguinte foi buscar os demais autores. Para isso, contei com o entusiasmo de Larissa Helena, mestre em literatura, tradutora e uma das nossas editoras do selo Rocco Jovens Leitores. Ela topou o desafio editorial de selecionar os escritores e editar os textos deste (in)crível conjunto de heróis e/ou anti-heróis, como também escolher o ilustrador que imprimiu nestas páginas um olhar universal de arte urbana.

Desafio editorial, sim, porque como diz Rubem Fonseca, os adolescentes, e aqui incluo os jovens de todas as idades, são mais sabidos do que se pensa.

O meu agradecimento especial às agentes literárias Lucia Riff, Marianna Teixeira Soares e Luciana Villas-Boas.

— ANA BERGIN
GERENTE EDITORIAL
ROCCO JOVENS LEITORES

OS AUTORES

Um dos mais notáveis ficcionistas brasileiros, **RUBEM FONSECA**, nascido em 1925 em Juiz de Fora, Minas Gerais, foi comissário de polícia, professor e funcionário de uma companhia de energia antes de se dedicar exclusivamente aos roteiros de cinema e à literatura. Dentre os diversos prêmios nacionais e internacionais que consagram seus roteiros e livros, destacam-se o Prêmio Camões, concedido pelos governos brasileiro e português pelo conjunto da obra, o Prêmio Machado de Assis da Biblioteca Nacional e três Jabutis.

Quando se descreve, **LUISA GEISLER**, nascida em 1991 em Canoas, no Rio Grande do Sul, costuma destacar que escreve ótimos e-mails. Mas seus dois prêmios sesc de Literatura e a seleção para a edição da revista *Granta* dedicada aos "Melhores Jovens Escritores Brasileiros" atestam que não é só nos e-mails que ela se sobressai. Além de escritora e tradutora, Luisa é mestranda em Creative Process no Trinity College, em Dublin. Tem textos e livros publicados da Argentina ao Japão (pelo Atlântico) e acha essa ideia muito simpática.

A carioca **CECILIA GIANNETTI**, nascida em 1978, é um talento múltiplo, dividindo seu tempo entre escrever e escrever mais. Como colunista, publicou pela *Folha de S. Paulo*, *O Globo* e pelo *Jornal do Brasil*. Como roteirista, escreveu para a TV Brasil e é coautora de novelas da Globo desde 2013. Como cantora, participou das bandas Casino e Starving Bluesman Quartet. Além de ter participado de diversas antologias, foi uma das finalistas do prêmio São Paulo de Literatura com *Lugares que não conheço, pessoas que nunca vi*, seu romance de estreia.

RAPHAEL MONTES nasceu em 1990 no Rio de Janeiro. Elogiado por Scott Turow, impressionou crítica e público com *Suicidas*, um suspense policial finalista do Prêmio Benvirá de Literatura 2010, do Prêmio Machado de Assis 2012 e do Prêmio São Paulo de Literatura 2013. *Dias Perfeitos*, seu segundo romance, teve os direitos de tradução vendidos para 18 países, e *O Vilarejo*, seu livro de terror com ilustrações, recebeu comparações com Stephen King. Todos os seus livros serão adaptados para cinema. Raphael ainda assina uma coluna semanal no jornal *O Globo* e escreve roteiros para cinema e TV, como a série *Espinosa*, o seriado de terror *Supermax* e a novela *A Regra do Jogo,* na Rede Globo.

NATÉRCIA PONTES nasceu em 1980 em Fortaleza e mora em São Paulo há quase dez anos. Além de seus dois livros, *Az Mulerez* e *Copacabana dreams* – este último finalista do Jabuti –, participou de diversas coletâneas, organizou o livro de contos *Semana*, colaborou com diversas revistas literárias e publicou contos em jornais como a *Folha de S. Paulo* e *O Globo*.

O porto-alegrense **EMILIANO URBIM**, nascido em 1978, foi jornalista da *Folha de S. Paulo*, Editora Globo e Editora Abril, onde por muito tempo atuou como editor da revista *Superinteressante*. Com pós-graduação em escrita criativa, já publicou contos no portal Terra e em coletâneas, além de ser autor de roteiros de curtas-metragens e do longa de animação *As aventuras do avião vermelho*. Desde 2014 é repórter de *O Globo* e vive no Rio de Janeiro com a mulher Amarílis Lage e o filho Miguel.

Desde que lançou seu primeiro livro, a porto-alegrense **LETICIA WIERZCHOWSKI**, nascida em 1972, não parou mais de escrever. Hoje são mais de vinte obras publicadas, aclamadas pela crítica – com um Jabuti e o selo de altamente recomendado da Fundação Nacional do Livro Infantil e Juvenil – e consagradas pelo público, com milhares de exemplares vendidos no Brasil e traduções em oito territórios. Seu romance *A Casa das Sete Mulheres* ganhou uma adaptação televisiva de enorme sucesso, exibida em mais de cinquenta países.

RASCAL é um artista norte-americano, de origem porto-riquenha, radicado no Rio de Janeiro e em Nova York. É um pintor prolífico que usa a linguagem da arte pop urbana para expressar os efeitos sociais, políticos e culturais produzidos pela violência e isolamento na comunidade latina em Nova York. Sua arte, sofisticada e poética, consegue capturar a paixão e a energia da vida urbana nas ruas, provocando sentimentos que transcendem nacionalidades. Sua obra está em exibição permanente em Nova York, Washington, Filadélfia, Miami, Los Angeles e Porto Rico. Também expõe em países como Inglaterra, França, Japão e Brasil.